宿命

SHUKUMEI

〔日〕东野圭吾 著

张智渊 译

新经典文化股份有限公司
www.readinglife.com
出 品

宿命

目录

1 楔子

7 第一章 绳

45 第二章 箭

83 第三章 重逢

133 第四章 吻合

163 第五章 唆使

207 第六章 破案

245 尾声

楔子

勇作上小学前一年的秋天,红砖医院的早苗去世了。告诉他这件事的,是隔壁亲切的阿姨。

红砖医院是附近小孩子的叫法。那是一所红砖建造的大医院,位于一条通往山手的缓坡的坡顶。建筑物的四周种植着山毛榉和柞树,从围墙外看来,宛如一座西洋式城堡。或许是经营者胸怀宽广,就算不是来医院看病的人也可以自由出入,所以勇作经常跟着附近比他年长的孩子到这里抓虫、摘栗子。

早苗总是在医院宽敞的院落内散步,白色三角头巾和白色围裙是她的特征。早苗肤色白皙,长得像个洋娃娃,看不出岁数。勇作总叫她"姐姐",但她的实际年龄可能足以当他母亲。

她总是从远方望着勇作他们嬉戏的模样。炎炎夏日,她也曾带来装着麦茶的水壶。她的围裙口袋中总是装着糖果,只要孩子们开口讨要,她就会高兴地拿出来分给大家。没有孩子知道为什么早苗会待在红砖医院里,或许那不是值得在意的事,她本人也从未提起。

只不过勇作他们也知道,她和一般的大人不同。最明显的地方就是她的用字遣词异于常人。她会用小女孩般的语调说话，而且不光是对孩子们，连对来这里看病的人也是一样。如此一来，和她讲话的人都会一脸惊愕地立刻远远躲开。她经常拿着一个小玩偶，也让人觉得她怪异。勇作好几次听到她把小玩偶当成小孩，对它说话。

"姐姐好像有点问题，"有一天，某个较年长的孩子指着自己的头对勇作他们说，"所以她才会待在这里，为了让医生治好她。"

这句话让勇作感到震惊，他从未想过早苗病了。

这个谣言流传开后，孩子们便不大到医院的院子玩了，似乎是听了谣言的父母不准孩子接近她。

然而，勇作还是经常一个人来。每次只要一去医院，早苗便会走过来问他："大家呢？"听到勇作回答"他们有事不能来"，她便会说："好寂寞哦。"

勇作最喜欢爬树。当他在爬树的时候，早苗就会拔拔草、浇浇花；等他玩累了休息时，早苗就会变戏法一般拿出西瓜来。

每当和她在一起，勇作就觉得心情非常平静。她经常唱歌，对勇作而言，听她唱歌也是一种乐趣。她唱的不是日文歌，而是外国歌曲。勇作曾问她："那是什么歌呢？"她却回答："不知道。"

这些事情都发生在那年夏天。

那年秋天，早苗去世了。

听闻噩耗的那天傍晚，勇作独自前往红砖医院。他在叶子开始泛红的树下寻找早苗的身影，却看不到原先总会待在那里的她。勇作蹲在那年夏天爬过的树下，哭了很久。

勇作的父亲兴司是警察，但他从未见过父亲身穿制服的模样。

兴司总是穿着茶色衣服，和一般人的父亲一样出门上班。

兴司似乎在调查早苗的死因，经常带着年轻的男子回家，长谈至深夜。勇作在一旁听，才知道早苗果然是医院的病人，她是从医院的窗户掉下去摔死的。然而，他不清楚父亲他们究竟想调查什么。

早苗的死也成了孩子们的话题。他们一起来到医院附近时，有人把那扇窗指给了勇作。他抬头仰望，想象她摔下来的模样，只觉得胸口发闷，吞了好几次口水。然而，早苗的死只让孩子们谈论了一个星期左右。他们的注意力被其他有趣的事情吸引后，此事再无人提及。不过，勇作仍像以前一样独自到医院去，眺望她摔下来的窗户。

兴司似乎仍在调查早苗的死因，连续数日晚归，有时候甚至不回家。隔壁的阿姨会来家里照料勇作的饮食，大概是兴司打电话拜托的。

又过了约一个星期，兴司的上司来了，一个肥胖的光头男人，看起来比兴司还年轻。但通过两人迥异的用字遣词，就连小小年纪的勇作也能察觉，父亲是这人的属下。

他好像是为了什么事情想来说服兴司。隔着拉门，勇作听见他软硬兼施地讲个不停。兴司却似乎在顽强地反对。不久，肥胖的上司变得十分不悦，抽动着脸颊离去，兴司也很不高兴。

过了几天，家里又来了客人。这次是一个穿戴整齐的男子，不像那个上司那么嚣张跋扈，打招呼也很客气。兴司和那个男子谈了很久。其间，勇作被寄放在邻居家。

谈完后，兴司来接勇作。他们走出大门时，那名绅士正要离去。他发现了勇作，定定地盯着他的脸，说道："你要乖乖听爸爸的话啊。"

说完，摸了摸勇作的头。他的眼珠呈淡咖啡色，眼神很柔和。

那天之后，兴司恢复了原本的生活状态，不再晚归，电话中也不再提到早苗。

后来，他带勇作去扫墓，那是墓园中最气派的一座坟墓。勇作双手合十拜完后，问道："这是谁的墓啊？"兴司微笑着回答："早苗小姐的。"

勇作吃了一惊，又端详墓碑一番，再度合掌。

勇作对早苗死亡的内情终究一无所知。事隔多年之后，他才稍有了解。

快上小学了，勇作去了一趟好久没去的红砖医院。他倒也没有特别的目的，只是信步而至。

医院的停车场里停着一辆大型黑色轿车。经过时，他伸长脖子往车内望去，只见身穿藏青色衣服的司机以双臂为枕，正在打盹。

勇作离开车子，步入树林。漫步林间的他想起了早苗用竹扫帚扫落叶的声音、牛奶糖的甜味，还有她的歌声。勇作捡起一颗掉在地上的栗子，抹掉泥土，放进短裤的口袋。那是一颗又圆又大的栗子，只要插上火柴棒，就成了一个上等的陀螺。是早苗教他这么做的。他抬起头，正要走开，看到正前方站着一个人，随即停下脚步。

那是个和勇作年纪相仿的男孩。他穿红色毛衣，围灰色围巾，白袜长及膝盖下方。勇作身边没有一个小孩打扮得这么漂亮。

两人一语不发，对视良久，或者该说互瞪更为恰当，至少勇作对这个陌生人全无好感。

忽地从某处传来女人的声音。勇作循声望去，一名身穿和服的女人在刚才那辆轿车旁挥手。和勇作互瞪的男孩朝女人走去,那似乎是他母亲。

勇作以树为掩护,试着接近他们。女人发现了他。"你的朋友吗?"她问男孩。男孩看也不看勇作一眼,摇头。

不久,司机下车打开后车门。女人和男孩先后上车后,司机以恰到好处的力道关上车门。

引擎发动的同时,勇作从树后走出。黑色轿车排出淡灰色的烟,在勇作的注视下缓缓离去。车即将驶出大门时,勇作发现那个男孩回头看他。那画面就像一张照片,深深地烙在他的脑海中。

第一章　绳

1

美佐子看着从病房窗户照射进来的阳光，想，这种日子的天气偏偏特别好。光线经由白色墙壁反射，将室内映照得更加明亮，但这明亮却同病房里的气氛格格不入。

瓜生直明躺在病床上的身影，令美佐子联想到挂在肉铺前、羽毛被拔得精光的鸡。几年前她嫁进来的时候，公公还颇为富态。而当他说身体违和，入院接受手术之后，身上的肉就像被削掉一般，日渐消瘦。他罹患了食道癌。虽然没有告诉他事实，但他似乎早已自知。

"老伴。"亚耶子蹲在病床旁，握着直明布满细纹的手呼唤他。

不知是不是听到了她的声音，直明的脖子微微一动。弘昌见状便叫了一声"爸"，向前跨出一步，妹妹园子也立刻趋身向前。

直明嘴巴微张，亚耶子马上将耳朵凑上。"咦？你说什么？"尔后她看着美佐子的方向："他在叫晃彦。"

于是美佐子和亚耶子交换位置，坐在病床旁，然后在面无表情的老人耳畔说道："爸，我是美佐子。您要我对晃彦转达什么吗？"

美佐子无法确定自己的声音是否能够传到直明耳中。就算他听得见，也没人能保证在这种情况下，他是否知道美佐子是谁。然而，几秒钟后，他再度开口了。美佐子全神贯注，极力想听清楚他发出的微弱声音。

"晃彦……"接着他气若游丝地说了几句话，在场的人当中数美佐子听得最清楚。虽然是平凡无奇的字眼，但作为父亲留给儿子的遗言，其内容让美佐子感到意外。

"美佐子，你公公说什么？"亚耶子问道。

美佐子还没来得及回答，园子突然叫道："爸爸！"只见直明宛如睡着般闭上了眼睛，亚耶子和弘昌也凑过来。

"老伴，你睁开眼啊！"亚耶子隔着毛毯摇晃丈夫，他却全无反应，只有纤弱的脖子无力地左右摇晃。

"他走了。"为他把脉的医生声音有些颤抖地说道。

隔了一会儿，亚耶子开始号啕大哭，园子也哭了起来。

美佐子感到眼眶发热，视线随即模糊了，而直明灰色的脸庞也变得扭曲。几年前两人初次见面时的情景鲜明地浮现于脑海。

你真是麻雀飞上枝头变凤凰啊——婚事已成定局时，美佐子的朋友都这么对她说。那是距今五年又十个月前的事了。

美佐子旧姓江岛，娘家不算贫穷，但也绝对称不上富裕。美佐子既非容貌特别出众，也没有什么特长。

进入 UR 电产股份有限公司，使得她和瓜生家攀上了关系。UR

电产是日本屈指可数的电机生产厂商,在全国拥有六座工厂,其中四座在本县,可说是这一带规模最大的企业。她隶属于这家公司的人事部,负责人事业务。人事部员工并非待在人事部的办公室内,而是被派遣到各处,有人在生产现场,也有人在公关部门。

美佐子收到的人事命令上写着"董事室特别秘书",这意味着由她打点董事身边的大小事宜。同期进公司的人当中,只有她得到这份工作。

"江岛小姐,你真是太厉害了,这可是万中选一的呢!"人事部的资深员工有些亢奋地告诉她。原来,新人被分派到董事室是非常罕见的。

她的位子在专任董事的办公室里。第一天上班的早上,人事部主任为美佐子引见,专任董事还特别从椅子上起身,笑容可掬地说道:"我等你好久了,请多指教。"

"请您多多指教。"美佐子也紧张地鞠躬致意。

这就是她与瓜生直明初次见面时的情景。

直明身材不高,恰到好处的赘肉显示出威严,眼睛和嘴巴微微聚拢在国字脸正中央,昭示出良好的出身和沉稳的个性。

实际上,他在之前的工作生涯中一直是一名超级精英。他的父亲瓜生和晃在昭和时代初期成立精细零件制造公司,此后将事业领域扩大至电气制品。那正是今日 UR 电产的前身。所以,他当时的头衔虽然是专任董事,但已确定将接任社长。

和直明独处并不如当初想象般令人喘不过气。一起工作时,他总是设身处地多方为美佐子着想。他语气温柔,话题也很丰富。她曾听在其他专任董事或常任董事手下做事的资深员工说,有些董事令人很有压迫感，直明却完全不会给人那种感觉。

进公司约一年后，美佐子接受了直明共进晚餐的邀约。刚听到时，她很犹豫，直明见状微笑道："你不用担心，我没有不良意图。我一个朋友的法国餐厅今天开张，我想去捧个场，我太太和儿子也会来。你平常帮了我很多忙，我想借此机会好好请你吃顿饭。"接着，他拿出那家店的宣传单。美佐子听到他家人会来，又犹豫了。不过，这次不是担心直明心怀不轨，而是害怕身处家世背景迥然不同的人当中，或许会觉得自己的境况很悲惨。然而，美佐子最终还是答应了。她想，太过强硬的拒绝可能不太礼貌。

于是，那晚美佐子见到了直明的妻子亚耶子和长子晃彦。

亚耶子年轻貌美，凤眼和尖细的下巴给人些许冷酷的印象。她三十来岁，但具有弹性的肌肤令她如二十许人，尽管她当时已经有了两个就读小学的孩子。晃彦为直明前妻所生，当时二十五岁，身材高大健壮，脸庞较小，铜铃般的眼睛配上单眼皮，炯炯有神。直明介绍美佐子时，晃彦一直盯着她的脸，令她喘不过气，只好低下头。

菜肴上桌之后，众人一面动着刀叉，一面交谈。

美佐子没想到晃彦居然还留在大学的医学院里作研究。她理所当然地认为，晃彦一定会像直明继承第一任社长的位子一样，也在UR电产任职。

直明用轻松的语调说道："这家伙从来不听父母的话，所以选了一个和我的工作最不搭的职业，不过，倒是好过那些仰赖父母荫庇的男人。"

"能够就读统和医科大学，真是太了不起了！"美佐子发自内心地叹道。别说是县内，附近的几个县也公认这所大学是最高学府。

听到她的夸赞，晃彦问道："你觉得哪一种比较好？"

"什么？"美佐子反问。

"医生和企业家，也就是我这种人和我父亲这种人，你会选哪一种？"

"这个……"美佐子顿时语塞。如果这是个轻松的玩笑，她总有办法答得出来。可晃彦的语调中却带有一种特别的认真意味。她两手拿着刀叉，无言以对。

"你别乱问人家莫名其妙的问题，会造成江岛小姐的困扰。"直明含笑道。

亚耶子接着应和："我倒是哪种都好，反正两种都很棒嘛。"

直明听了一笑，美佐子也舒缓了嘴角的线条。僵局被亚耶子巧妙地化解开来，晃彦也不再追问。但就在话题转变之前，他加了一句："那么，我改天再问。"

"好。"美佐子也面露笑容。

美佐子着实没想到他说的"改天"竟然会真的来临，她以为那一定是句客套话。然而，晃彦四天后却真的打电话到办公室找她。

"你喜欢听音乐还是看比赛？"

报上姓名后，晃彦冷不防地发问，美佐子措手不及。

"咦？怎么突然这么问……"

"我是问你有什么兴趣，喜欢什么活动。既然要约你，去你喜欢的地方应该比较有趣。"

"啊……"美佐子这才发现晃彦在约自己。她心跳加速，自己也知道脸红了。她往直明的方向偷看一眼，他正在位子上看资料。

"我跟父亲说过了，说我改天会约你。"晃彦仿佛看穿了她内心的动摇,"所以你不用客气。明晚有空吧?"

"嗯。"她犹豫了一下,答道。

"那么,再次请问,你喜欢什么?"

"啊,什么都好。"

直明就在身边,美佐子不禁压低了音量。

晃彦稍作停顿后说:"那么就去看音乐剧吧,那样之后吃饭的时候也有话题。请你六点在公司前面等,我去接你。"

"啊,好……我知道了。"

放下话筒,美佐子依然心情激动。她看了直明一眼,直明似乎没发现她表情有异。

次日晚上,美佐子和晃彦并肩而坐欣赏音乐剧,接着一起用餐。晃彦和直明说话的方式不同,但都颇善言谈。他会从一个话题像树枝般向外延伸,将一件小事讲得精彩万分。无论话题朝哪个方向发展,他都能展现广博的知识,给人不同于一般富家子弟的印象。

晃彦不光自己口若悬河,也很擅长让美佐子畅所欲言。美佐子平常言语不多,但在他面前,觉得自己好像都变得健谈了。

晃彦详细地询问她孩提时代和家人的事情,关于她的健康情形更是问得深入。美佐子边说"我没别的长处,就是身体非常健康",边想,医生果然会对这方面感兴趣。

饭后,晃彦送美佐子回家。她婉言推辞,晃彦却说:"父亲吩咐我一定要送你回家。"

原来直明也知道今晚的事。

在开车送美佐子回家的路上,晃彦对她说道:"医生和企业站在敌对的立场。"

他的口气斩钉截铁，美佐子察觉这是几天前的话题的延续。

"企业对人的身体不感兴趣，无视人体健康，日益追求发展。结果医生就得拼命帮企业擦屁股，这就像是把那些被推土机摧残的幼苗一根根重新种下。"

"我懂。"美佐子说，"所以你想当医生？"

"是。"晃彦回答。沉默了一会儿，他继续说："但比起推土机，最可怕的还是农药。它不但会改变地貌，还会改变地质。有些地区是不管拥有多么强大的权势和财力都不该染指的。"

美佐子不懂他话中的含义，无法作答。他似乎也不期待美佐子有所响应。

就这样，美佐子和晃彦的第一次约会结束了。

此后，晃彦每隔一个月左右就会约美佐子。有时一起看电影或舞台剧，有时则是单纯地用餐。

如此交往约一年后，晃彦向她求婚了。在他们常去的咖啡店里，他用像是邀她打网球的口气说道："对了，你愿不愿意嫁给我？"

美佐子倒不是没料到晃彦会求婚，只是全然无法将此事当作现实来思考。他们的门第太悬殊了。虽说晃彦选择了属于自己的人生，但依旧改变不了他是瓜生家的继承人这一事实。他和经济状况与家世都低于一般水平的美佐子无论如何都不般配，所以她始终认为，就算继续交往下去，两人之间的关系总有一天也会无疾而终。

因此，晃彦的求婚让美佐子心生迷惘。"请给我时间考虑。"说完她就和他分开，各自回家。但结婚不是儿戏，并非只要有时间就能决定的事。

若从客观角度来看，再没有比这更好的姻缘了。然而，美佐子

13

却感到不知所措，最主要的原因即是她对晃彦的感情绝对称不上爱情。当然，她不讨厌他，甚至尊敬他，却从未因为和他在一起而没来由地雀跃不已，也从未不发一语便能心灵相通。这种心心相印的感觉不正是婚姻中最重要的部分吗？

美佐子曾深爱过一个人。当时她还是高中生，或许是因为心智尚未成熟，那种刻骨铭心的感情她是第一次，也是最后一次经历。虽然因为种种偶然因素不能与他结合，但美佐子认为，爱上一个人就应该有当时那种心情，那完全不同于对一个人的广博知识感到的惊叹，或对一个人行动果决而感到的佩服。

然而，她最后还是应允了晃彦的求婚。没有什么决定性原因，而是有许多一言难尽的因素模糊地成形，让她的犹豫渐渐消融。这些因素包括主张"恋爱和结婚是两回事"的朋友、没有明说但希望美佐子点头的双亲，以及世上一般的婚姻情形。如果要准确地形容她最后的心境，就是"没有理由拒绝"。

于是大家都说，美佐子是麻雀飞上了枝头变凤凰。

直明咽气后三十多分钟，晃彦才出现。此时，病房里已不见亚耶子的身影，只剩下美佐子和晃彦的弟弟、妹妹。

直明和平常一样躺在病床上，毛毯盖得好好的，只有脸上盖着白布这一点和昨天不同。

园子仍跪在地上，趴在床边哭泣。弘昌坐在离床稍远的椅子上，颓然低垂着头。美佐子站在门旁，神情恍惚地望着他们。

晃彦静静地打开门，走进病房，看到躺在病床上的父亲，霎时呆立原地。晃彦应该已经知道了直明的死讯，但亲眼见到父亲的遗体所受的打击，和想象中的终究不能相提并论。

大概是听到有人进来，园子停止了哭泣。她回过头，用哭肿的眼睛瞪着长兄。

"哥……都这种时候了，你在做什么？爸爸一直在等你呀。但你居然还在工作——"

"弘昌。"晃彦毫不理会妹妹的不满，叫了一声弟弟，"你能不能带园子出去？"

弘昌默默点头起身。

园子却摇头："我不，我不离开这里。"

"别胡闹了，你要体谅大哥的心情。"弘昌抓住她的手臂，要她站起来。

"为什么？晃彦哥还不是不听爸爸的话！"

"现在就别再提那种事了。"弘昌强行将园子拖了出去。

两人的身影消失后，晃彦闭上眼睛做了个深呼吸，然后缓缓走到病床旁，掀开盖在父亲脸上的白布。"他走得痛苦吗？"

"不，"美佐子说，"像是睡着似的……非常安详。"

"唔，那就好。"晃彦将布盖回去，两手插进白袍的口袋，将脸转向窗户。太阳好像比刚才倾斜了一些。

"爸有话要我转告你。"

晃彦的脖子稍向后转。"哦？"

"爸临终的时候叫你，你不在，我就代你听了。"

"他说了什么？"

美佐子润了润嘴唇，道："他说：'晃彦，对不起，他们就拜托你了。'"

晃彦的表情有了明显的变化。他痛苦地皱起眉头，眨了眨眼，然后闭上眼睛，轻轻点头。"是吗？爸说对不起……"

"我一点也不明白。"

"没什么大不了的。一定是他临终的时候随口说说，你不用放在心上。"晃彦看着窗户应道，却结结巴巴的，不像平常的他。

"爸说完那句话，就咽下了最后一口气。"

晃彦闻言仍背对着美佐子，只是简短地应了一声。美佐子觉得他的背影仿佛在拒绝自己。

"我去帮妈的忙。"说完，美佐子离开了病房。

很久以前，美佐子就开始考虑和晃彦离婚。她对这场婚姻苦恼不已，希望能找出什么解决之道。在错误中一路摸索至今，即使是现在，她也不确定自己的想法。

两人一决定要结婚，瓜生家的府邸内就为他们盖好了专属的别馆——一栋面积约八十叠的两层木造建筑，对两人而言实在宽敞过头。婚后，到家里来玩的朋友纷纷艳羡不已地感叹："这种房子我一辈子也买不起！"听到她们的话，美佐子觉得自己的确很幸运，也就不想太多，继续过着平常的新婚生活。

结婚近一年后，她开始感到不安。这不安来自于她的内心。结婚那么久了，她还是无法感觉到对晃彦的爱意。她和婚前一样，对晃彦抱有某种程度的好感，尊敬他、信任他，却仅此而已。

她不认为是生理上的问题。两人的性生活和一般人一样频繁，自己也有相当的快感。但如果有人问"对方非得是晃彦不可吗"，她总觉得似乎也不是。

为什么无法爱他呢？

从客观的角度来看，晃彦完美无缺。结婚之后，他也和恋爱时一样，会设身处地为她着想，只要是她想要的，他几乎都会满足她。他也不曾逾越夫妻之礼，或侵犯她的个人隐私。许多男人结婚后就会变得对妻子毫不在意、粗鲁无礼。就这点而言，晃彦可以说是一个理想的丈夫。

但美佐子认为，这些不是爱一个人的条件，至少对自己来说不是，她需要的是了解对方。

自己了解晃彦吗？

答案是否定的。住在一起一年了，但她对他的事情一无所知。他的烦恼、希望和梦想，她都不知道。她只知道他喜欢吃什么、讨厌吃什么，还有每天的部分行程。

美佐子自认很努力地试着去了解他，却怎么也无法触碰到他的内心。原因很简单，他不愿对她敞开心胸。

"你说什么？"听到她那么说，晃彦皱起眉头。那应该是在某天吃完早餐，他正在看报纸的时候。

"拜托你，请你告诉我。"美佐子抓着围裙裙摆说道。

"什么？"

"一切，所有你隐藏在心中的事情。"

"莫名其妙！"晃彦将报纸折好放在茶几上，"你说我隐藏了什么事？"

"我不知道，我只知道你隐藏了。你告诉我的净是一些鸡毛蒜皮的小事，真正重要的事情都瞒着我。"

"我自认没有对你隐瞒任何事情。"

"你骗人！不要敷衍我！"美佐子说着说着，泪珠就滚落下来。两人非得这么说话，让她觉得非常悲哀。

"我没有瞒你，也没有敷衍你。"晃彦一脸不悦地站起来，把自己关进房间。

当时的对话让美佐子觉得自己第一次触到了晃彦的内心，他从来不曾如此动摇过。同时，她确信他的确隐瞒了什么。

从那时起，美佐子待在主屋的时间变多了。她认为，多和晃彦的家人相处，说不定多少能填补和他之间的鸿沟。晃彦希望过完全独立的生活，但他似乎认为美佐子去主屋可以消除一些压力，也就任由她去。

和瓜生家一起生活，不似想象中的令人喘不过气，也并非无趣。没想到她和年轻的婆婆竟然很合得来，弘昌和园子也很敬重她。然而，即使和他们的交情渐深，美佐子仍无法进一步了解晃彦。那是当然的。亚耶子也不了解他。

"晃彦的内心？我也拿他没辙。"美佐子和亚耶子在闲聊的时候，亚耶子举起双手，"我投降。自从我以继室的身份来到这个家，他从来不曾对我敞开心胸。他对弘昌和园子也是一样，虽然善尽兄长的义务，但我不认为那是手足之爱。"

"这样很久了？"

"好几年喽。大概今后也会一直那样吧。晃彦只对你公公敞开心胸。我原本以为你可能会是他第二个真心相待的人，看来还是没办法啊。"

"为什么呢？"

"不知道……"亚耶子耸耸肩，无力地摇头，"我不知道。一开始我也努力地让他认我为母亲，不过却是白费功夫。他是叫我'妈'，但对他而言那仅仅是形式，他不会像对自己的母亲一样对我撒娇。"

美佐子默然点头。亚耶子说得一点都没错。美佐子和晃彦之间的关系也不过仅止于夫妻的形式，每一天都像在扮演一对相敬如宾的夫妻。

此后，美佐子花了很长时间试图多了解晃彦一点，努力多爱他一些。然而，她觉得自己越焦急，两人之间的鸿沟便越深。

最近，美佐子开始思考另外一件事情——晃彦为什么要选自己为妻？他的家世身份足以让任何女人以身相许，实在没有理由选择一无是处、平凡无奇的自己。

美佐子想，该不会是因为那条看不见的"命运之绳"吧？这世上果然存在着命运之绳，操控着自己至今为止的人生。

2

美佐子初次察觉命运之绳的存在，是十多年前的事了。

当时，父亲江岛壮介在电力公司的外包公司工作，长年做当地的电气工程，收入并不多。母亲波江虽然个性柔顺，在金钱方面却管得很紧，这才能勉强不举债度日。身为独生女的美佐子倒也没有特别不满的地方。

美佐子念高二时，家中突遭剧变，父亲在工程中发生意外。在大楼外墙作业时，他脚下打滑，从七八米高的地方摔下，脚骨折了，头部还遭到强烈撞击，引起脑震荡。

壮介被抬进最近的一家综合医院，治疗了脚部伤势后，又请脑外科的医生检查头部。他对妻女说："没什么大不了的。"她们就没有太过担心。然而，当脚部骨折快要痊愈时，病情却有了转变。壮介突然被转到另一家医院。

"头部好像要接受多种检查。"壮介和波江对担心的美佐子这么解释。从两个人的表情中感觉不出事态严重，但美佐子心中的不安却没有消失。

"现在这家医院不也能检查吗？"

"应该可以，不过各家医院擅长的领域不同。没问题，你不用担心。"两个人开朗地说道。

美佐子总觉得有些不对劲，但父母看起来又不像在隐瞒病情。

壮介转到了上原脑神经外科医院。那家医院当时还有红砖建筑，令人感受到其典雅的格调与悠久的历史。医院院长上原雅成和壮介是旧识。

美佐子并不知道详情，但似乎壮介年轻时两人便已是朋友。上原院长看起来比壮介年长许多，但行为举止谦和有礼，身上完全看不见医生那种妄自尊大。

壮介在那里住了两个月左右。美佐子至今仍不太清楚父亲为何要住那么久，也不知道父亲究竟接受了什么检查与治疗。她几乎每天都去探病，但父亲的身体却看不出任何变化。更令她怀疑的，是住院那么久，壮介和波江却全然不把费用放在心上。波江的答案是："没有接受什么大不了的治疗，所以费用不高。"但连当时还在念高中的美佐子也知道，连续住在个人病房两个月，费用一定相当可观。

就算是旧识，上原院长也不可能会如此通融。

两个月后，壮介出院了，一切生活又回到了从前。只有一件事情不同——考虑到壮介的年龄和体力，上原院长帮他找了一份新的工作，进了 UR 电产公司，据说那家公司的工程部恰好在找做过电气工程的人。听到这件事，美佐子霎时无法相信。毕竟，那是当地最大的企业，这一带人一流的出路，就是进入那里工作。四十多岁的壮介能到那样的公司工作？别说美佐子，其他人一定也会怀疑自己的耳朵。

然而，壮介却毫不起疑，开始到新的公司上班，工作比想象中轻松，也不常加班。美佐子原本担心父亲会被指派繁重的工作，但事实却否定了她的猜测。

这时，她开始觉得有什么地方不对劲。这一切未免太顺利了，她有一种不祥的预感，总觉得可能有人在什么地方设下了陷阱。但一直没有发生什么特别奇怪的事。

令人难以置信的幸运，让江岛家一直过着安稳的生活。一年后，美佐子进入当地大学的英文系就读。大学生活平淡无奇，壮介还是每天准时上下班。美佐子渐渐遗忘了那一幸运事件，直到四年级时，才再度想起。

她的梦想是成为英语教师，然而，当她毕业时这条路变得颇为艰辛。当地的高中教师供过于求，连兼任教师的职位都很难得到，而要进入一般企业也非易事。当时，四年制大学毕业的女性就业情况远不及今日。

正当美佐子为工作烦恼之际，父亲问她要不要参加 UR 电产的入职考试。美佐子以为父亲在开玩笑。

"别说那种天方夜谭了，考了也是白考。"

"怎么会白考？就算考不上你也不会少块肉，能考就考考看！"

"一定考不上的。"

然而，在壮介的努力劝说之下，美佐子决定在接受其他公司考试之后，顺便去一趟 UR 电产。她穿着一套新买的灰色两件式套装参加了四家公司的考试。结果，三家公司寄来不录取通知，唯一决定录用她的竟然是 UR 电产。

美佐子感觉像在做梦。壮介和波江很为她高兴，但美佐子真正的感想却是一种没来由的恐惧：这件事背后一定有问题。自从壮介遭遇意外以来，幸运便接二连三地造访江岛家。但她觉得，这些事情不是好运两个字就解释得清的。她强烈地感觉到，有一股强大的力量随时监视着她和家人，操控他们的命运，以免他们脱离正轨。

收到录取通知的那天晚上，美佐子告诉父母她的感觉。当然，两人都不以为然。

"你有这种感觉也很正常。"听完女儿的话，壮介淡淡地说道，"一旦好事接连发生，人就会相信神明的存在。爸爸也曾经有那样的感觉。"

"不是那样的。我感觉到的不是神明那种不确定的东西，而是更为具体的力量。"美佐子坚持己见。

"你想得太多了。"波江说，"再说，我不认为天底下有那么幸运的事。何况你真正想当的是老师，考上 UR 电产是因为你的实力。"

美佐子摇摇头。她就是知道自己几斤几两，才觉得冥冥中有一股看不见的力量。

次年四月起，美佐子开始到公司上班，隶属于人事部。她没什么数字概念，无法胜任与会计相关的工作，也不擅长需要与人来往的业务，所以觉得人事部还挺适合自己。但不管怎样，她都不认为自己适合待在董事室里负责人事业务。

后来，她遇见了瓜生直明。

遇见他是否也是命运之绳操控的结果呢——每当美佐子对自己和晃彦的婚姻生活产生疑问，就会回想起当时的事。

3

美佐子打开玻璃窗，尽情地做了一个深呼吸。徐徐微风从庭院的树木间拂过，吹进房内。摊开的书本翻动了两三页。

"不得了，真是不得了。"

背后传来讲话声。美佐子回头一看，旧书商片平抬头望着比他还要高上许多的书柜。

"每一本都很珍贵，让人不知从何选起。"

"那么，你愿意全部带走吗？"晃彦若无其事地说，"那样我比较省力。请你出个适当的价格，我会尽量配合你的期望。"

"呃……"片平又抬头看了一次书柜，沉思良久后开口道，"这里的藏书量那么庞大，能不能让我稍微考虑一下？两三天内我再跟您联络。"

"好吧，如果我不在，你告诉我太太就行了。"晃彦稍微回头往美佐子的方向看了一下。片平对她轻轻点头致意。

直明死后四十多天，晃彦决定要在满七七之前处理掉直明拥有的大量藏书和艺术品。带片平来的人是刚才不断在书库里东张西望的尾藤高久。这个担任直明秘书的男人有一张线条略显纤细的脸。大概正因这样，他分明已年过三十，却让人觉得他比晃彦还小。

晃彦能自行处理直明的遗物是有原因的。根据葬礼后公开的遗嘱，直明几乎将名下的所有财产都给了长子晃彦。美佐子依然能清晰地想起律师宣读遗嘱时的情景——弘昌和园子既惊讶又失望，亚耶子眼神木然，只有晃彦面不改色，仿佛这件事情和自己无关。

"对了，我一直很好奇。那个保险柜是……"片平望向屋内一角。

"嗯？噢，那个啊。"

那是个黑色的旧式保险柜，高度及腰，正面煞有介事地装着一个转盘式密码锁，放在这房间里，的确与周边的东西显得很不协调。

"那是我父亲爱用的古董，不值一文。"晃彦回答。

"里面装了什么？"

"不值钱的破烂，看了也只会让人扫兴。"

"但我很感兴趣。"片平一脸急不可耐，晃彦却像没听见似的从安乐椅上站起，伸出右手。

"不好意思，今天让你百忙之中抽空前来。书就麻烦你了。"

片平见状好像也放弃了，说声"哪里"，与晃彦握手。

在玄关目送旧书商离去后，美佐子在一楼的客厅稍微歇了一会儿。女佣澄江倒了红茶过来，美佐子将茶放到茶几上。内田澄江在这里工作已经二十多年了。平常只有她一个人，忙的时候会有一个叫水本和美的年轻姑娘来帮忙。

"接下来是艺术品。买家什么时候来？"晃彦将大量牛奶倒入红茶，询问尾藤。

"定在下周，"尾藤回答，"对方是一家瓜生社长长年往来的店，我想出价应该不低。"

"价钱不要紧，只要肯帮我处理掉就行。"晃彦冷淡地说。

尾藤一副穷于应答的样子，用茶匙在杯中搅拌，然后问道："刚才说的那个保险柜也交给艺术商处理吗？"

晃彦半边脸颊扭曲着笑了。"我不是说了那不值一文吗？那个不卖，我自己留着。"

"放我们家吗？"美佐子惊讶地问。

"不碍事吧？我打算放在我的房间。"说完，晃彦喝了一口奶茶。

没过多久，亚耶子出现了。她问美佐子："结束了吗？"

"是的。"

"那么，尾藤先生，可以借一步说话吗？"亚耶子的语调有点客气，大概是顾虑到晃彦在场。晃彦却一脸毫不在意的神情。

"好，当然可以。"尾藤从沙发上起身。

"关于七七的准备事宜，我有很多事情要跟尾藤先生讨论。"亚耶子像在解释。

晃彦还是不发一语。于是美佐子说："对不起，都是妈在办。"

"没关系，毕竟这是我分内的事。"亚耶子微微一笑。

两人离开客厅后，晃彦说："你不用在意。如果无愧于心，就不用说对不起，也不用那样赔笑脸，只要妈说要准备七七的事，我们大摇大摆地现身就行了。"

"也许吧……"美佐子把话咽了回去。

"嘿，来得真不是时候。"晃彦隔着露台往大门的方向望去，美佐子也转过头。原来，亚耶子和尾藤正要出去，身穿藏青色校服的园子回来了。美佐子心里也想，真不凑巧。

园子站在门柱旁边，低头等父亲的前秘书和母亲先走。然而，那两人并没有选择默默地和她擦身而过，而是在她面前站定。亚耶子好像对她说了什么。园子的嘴动了动，但依然低着头。

亚耶子和尾藤坐上车后，园子朝晃彦他们跑了过来。

"哎呀，是谁回来了？"澄江听见粗鲁地开关大门的声音，从厨房出来应门。

"公主大人。现在最好别接近她，以求安全。"晃彦笑着拿起报纸。

美佐子留晃彦在客厅，自己出门购物。经过佛堂时，她看见仍穿着制服的园子在佛坛前合掌。美佐子听亚耶子说，园子从学校回来后，会先去佛堂再回房间。美佐子悄悄走向玄关，以免让园子分心。

大概是因为晚年得女，直明很溺爱园子。美佐子不曾见过直明责备园子，而是对她几乎有求必应。在美佐子眼中，直明宠爱园子的方式与其说是父亲疼爱女儿，倒更接近祖父疼爱孙女，说得更直接一点，就像老人在疼爱小猫。

直明视园子为掌上明珠，呵护备至，所以他的死似乎让园子大受打击。她从守夜到葬礼始终不发一语，在焚化场捡遗骨时，甚至还因贫血而当场昏倒。更令园子伤心的是那份遗嘱。美佐子还记得律师宣读内容时，园子一脸铁青。

"我倒不是在乎钱的事。"葬礼结束后不久，园子对美佐子这么说。她没有姐妹，所以常和美佐子天南地北地聊。"反正我就算得到巨额财产，也不知该如何处理，而且我想晃彦大哥不会丢下我们不管的。"

"那倒是。"美佐子说。

"可是，那份遗嘱让我很生气。"园子似乎无法原谅直明在遗嘱中完全没有提到她。弘昌也是一样。"我觉得爸爸好过分。我并不是在觊觎什么，但他既然要写遗嘱，至少也该提到一两句关心女儿未来的话吧？"

"也是。"美佐子略一思索，道，"爸会不会觉得，遗嘱只不过是一道单纯的手续？就算没有留下只字片语，他最放心不下的应该也是你。"

然而，她话只说到一半，园子就开始摇头。"没那回事。爸爸他是故意无视我们的存在的，直到他临终的时候还是一样。毕竟，爸爸在病床上最后叫的还是晃彦大哥，不是吗？"

被她这么一抢白，美佐子无话可说。

"可是，爸没有理由无视你的存在呀。"

"是吗？我倒觉得他有——爸爸发现妈妈给他戴绿帽子。"园子像是要将积在心里的话一吐为快似的，用一种强硬的口吻说道，"你也知道吧？爸爸不可能不知道。"

"园子……"美佐子被小姑子的语气压倒了。她早已察觉亚耶子和尾藤之间的私情，那刚好发生在直明倒下的时候，所以直明不太可能没有察觉。

"我能了解爸爸立遗嘱时的心情。"园子口风一转，改用轻描淡写的语气，"爸爸一定是认为，没有必要按照法律，将遗产留给眼看自己大限将至还和其他男人乱搞的妻子。自己的亲生骨肉到底只有晃彦一个。所以，我们就……就被他遗弃了。我们是背着他偷人的女人的小孩。对他而言，身上流着那女人血液的人，都是憎恨的

27

对象。"说着说着，大概心情太过激动，园子掩面而泣。

"你想太多了。"美佐子试图安慰，却没有效果。

过了一会儿，园子红肿着眼眶抬起头来。"美佐子，有一件事我很怀疑。"

"什么？"美佐子心生不祥的预感。

"爸爸是真的没救了吗？"

"园子，不可以说那种……"美佐子慌了，园子却似乎不是在胡言乱语。

"我觉得很奇怪。爸爸说身体不舒服，住院接受手术……然后身体状况就急转直下。听说开始接受精密检查的时候，癌细胞已经扩散得很广了，但真的是这样吗？"

"晃彦说，食道癌经常很晚才发现，而癌细胞扩散的速度很快。"

"可是，应该有很多人获救吧？"园子露出一种挑衅的眼神，年轻貌美的女孩露出这种表情，令人感受到一股强大的压力。"我在想，爸爸发现妈妈和那个人的关系，精神上应该受到了非常大的打击。那种压力会对身体带来负面影响吧？书上提到，患有消化系统疾病的人，精神状况对病情的影响很大。所以，要是那种事情影响了爸爸的病情，就等于那两个人杀死了爸爸。"

"你绝对不能那样想！"美佐子训斥园子，但园子似乎没有听进去。

"要是那样，我不会原谅那两个人。"

美佐子看到园子那像猫一样圆睁的眼睛，不禁背脊发寒。

4

直明七七那天是令人心情郁闷的一天。绵绵细雨从早上就一直下个不停。

在真仙寺做完法事，瓜生家在一楼大厅准备了酒宴。虽说是亲戚，但齐聚一堂的除新任社长须贝正清外，都是 UR 电产的高级主管，所以与其说是法事，更像在召开干部会议。

美佐子和亚耶子一起忙着招呼来宾，晃彦则和弟弟、妹妹坐在角落，默默地动着筷子。

"那篇报道写得真好，提升了您的个人形象。"扁平脸的常务董事一边为须贝正清斟酒，一边大声说，声音传进了美佐子耳中。这人是正清的妹婿。美佐子曾经听晃彦说，他老是跟在正清身边，很无聊。"社长在照片上感觉很年轻，而且给人一种重情义的印象。"

"我又没有故意装模作样。"正清的话中不带一丝情感，一脸无趣地举杯饮酒。他应该已经喝了不少，却非常冷静清醒。练过剑道的他虽已上了年纪，身上却没什么赘肉，工人般黝黑的脸上，一双炯炯有神的眼睛给人一种独特的压迫感。

"我真后悔接受那家报社的采访。"正清说，"没想到他们会写出那么低级的报道，你别再提那件事了！"

跟屁虫常务董事拍马不成，缩了缩脖子。

他们谈的是约三天前刊在《经济报》上的一篇文章。一个报道大企业高管私生活的专栏提到了正清，特别强调了他的年轻有为和

29

蓬勃的生命力，还刊登了两张照片，一张是他在现场指挥的工作照，另一张则是身穿运动服去扫墓的照片——图注中提到："须贝正清先生用过午餐一定要慢跑。特别是星期三中午，他总会到父亲坟前祭扫。"须贝家的祖坟也在今天举行法事的真仙寺后面。

男人的小团体反映出他们在公司中的地位，众人以须贝正清为中心聚在一起。而他们的妻子也围成一个圈子，由正清的妻子行惠手握主导权。她在女眷当中年纪最长，丈夫又登上了公司的龙头宝座，她也就理所当然地摘下了女眷中的后冠。亚耶子因为是继室，在这种场合总是保持低调。

她们的话题没完没了地在各自的孩子身上打转，包括已到适婚年龄的女儿与继承的问题。话题特别集中在行惠的独生子俊和的未来上。俊和今年刚进 UR 电产。当然，他没有接受新进员工培训，也没有到现场实习，直接走上了储备干部之路。如此一来，女性家属最感兴趣的部分，自然也集中在俊和要娶谁家的女儿为妻上。她们都希望最好是个和自己关系匪浅的女孩。

"这种事情不嫌早。要是现在不开始找对象，到时候就怎么也找不到了。"

"是啊。再说，如果是来路不明的女孩，行惠你也会很头疼吧？"

女眷们七嘴八舌地说着，行惠只是默然聆听，脸上浮现充满自信、泰然自若的笑容。话题人物俊和一直坐在正清身旁，根本不和瓜生家的人打招呼。他分明是个胆小如鼠又神经质的男人，但傲慢这一点倒是和其父如出一辙。

看到这种情况，美佐子想，晃彦说得果然没错。当直明倒下、正清接任社长时，他说："瓜生家的时代结束了。"

奠定 UR 电产基础的人是晃彦的祖父瓜生和晃。但他去世后，公司由他妹夫兼属下须贝忠清——正清的父亲接管。此后，瓜生派和须贝派几乎是轮流掌握实权。但最近这两股势力完全失去了平衡，最大原因在于直明的亲信比须贝少。直明虽然有长子晃彦，但他选择了一条和父亲迥然不同的路。跟随没有继承人的将领不会有好处，于是直明在公司里渐渐遭到孤立。即使如此，仍有几个人因为其威望而担任他的臣下，但他们也在直明倒下的同时为须贝派招揽。正清的基本方针并不是排斥瓜生派，而是将人才纳为己用。

然而，还有一个人尚未被须贝派吸收——松村显治。他和直明并非亲戚，但从年轻时起就一直担任直明的左右手，贡献良多，目前高居常务董事之职。公司内流传着正清对松村很头疼、不知该如何处置他的风声。

松村和晃彦相对而坐，正说着什么，于是美佐子也回到晃彦身旁的座位，顺便休息一下。

"哎呀，夫人，真是辛苦你了。"松村拿起啤酒瓶，表示慰劳。

美佐子拿着杯子说："一点就好。"

松村说："嗨，有什么关系嘛。"为她斟了满满的一杯。松村脸圆，身体也圆，却有一对像线一般的眯缝眼，眼尾有几条皱纹，脸上露出亲切的微笑。

"你们在聊什么？"美佐子问。

"发一些无聊的牢骚。"晃彦回答，"我们在说，今后的日子不好过了。"

"还是晃彦聪明。"松村稍稍压低音量，瞥了正清身边那些依然喧哗不休的人一眼，"坦白说，UR 电产目前处于虚胖状态。进入这种公司没什么意义，如果有能力，不如靠自己的力量，开拓自己的命运。"

"我有时也得出席无聊的股东大会啊……"

"那也没办法，谁叫你是瓜生家的长子。"松村拿起酒杯做了个干杯的动作，然后一饮而尽。

美佐子马上为他斟酒，又伸长手臂将瓶口对准晃彦的玻璃杯。就在这时，另一边出现一只酒瓶，替晃彦的玻璃杯斟满了酒。

原来是正清。他扭曲着半张脸露出笑容。

"你们很安静嘛。"正清道。

"我们刚才在忆往昔。毕竟，今天是瓜生前社长的七七。"松村婉转地说，言下之意似在讽刺那些吵闹的家伙。

正清却不动声色地坐下来。"哦？那么，也让我和晃彦夫妇聊聊当年的事吧。"

他显然是叫松村离席。松村察觉到这一点，说声"好的，请慢聊"，便离去了。

"他真是个有趣的男人。"松村走远后，正清开口。

"对须贝先生而言，他不等于一个烂掉的苹果吗？"

"烂掉的？哪里的话。"正清狡猾地咧嘴一笑，"看人的眼光我还有，还打算让他替我做些事情。"

"原来如此。做'些'事情，是吗？"

晃彦浅尝了一点啤酒。正清又替他斟满，然后压低声音问："对了，你考虑得怎样？改变心意了吗？"

晃彦定定地盯着正清棱角分明的脸，摇摇头。"我怎么也不觉得你是认真的。"

"我一直都是认真的。我之所以那么说，是考虑到 UR 电产和你的将来。别用你那聪明的头脑去修理别人坏掉的脑袋，要不要助我一臂之力呀？"

"你找错人了。就算找医生帮你也是白搭。"

"你并不是普通的医生，你以为我瞎了眼吗？"

"你太高估我了。"

"事到如今，你就别再装傻了。这只是在浪费时间。"

正清拿起一旁没人用过的玻璃杯，倒上酒，一口气喝掉半杯。

美佐子在一旁听他们对话，感到非常意外。正清似乎很希望将晃彦纳入麾下，但自己从未听晃彦提过。重点是，正清为何需要拒绝继承直明的事业、选择当医生的晃彦呢？

"唔，听说你跟修学大学的前田教授很熟？"晃彦口中出现一个美佐子没听过的人名。

正清的眼珠子动了一下。"你很清楚嘛。"

"听我们医院里的教授说的。学生们之前也在传，说 UR 电产好像根据人脑开发出了一套计算机系统。"

正清鼻子里冷哼一声。"那些学生还挺厉害的嘛。"

"因为指导教授教得好。"

闻言，正清歪着嘴角轻拍晃彦的肩，说道："希望你好好考虑考虑。"说完，他站了起来。

酒足饭饱之际，众人的话题转到直明留下的艺术品上。亲戚中有许多人毫不觉得那些艺术品是遗物，都想分一杯羹，因此对独自得到所有财产的晃彦投以忌妒的目光。

33

晃彦或许察觉了这种气氛，便招来尾藤，命他带想参观的人去直明的书房。直明的许多藏品还没有卖给艺术品商人。

"如果有人想要，送给他也无妨。只不过，"晃彦补上一句，"今天只许参观！要是他们在我父亲的书房里扭打成一团，那就麻烦了。"

"知道了。"尾藤回答。

尾藤一传达晃彦的意思，马上有许多人欢天喜地地站了起来，有女眷，也有男人。由于一次无法容纳那么多人入内参观，只好分批进行。

"我想应该不至于有人偷东西，但是防人之心不可无，你也去看着。"

美佐子听从晃彦的嘱咐，也来到走廊。

直明的书房约有二十叠大小，房里有一条小小的艺廊，整面墙上挂着大大小小的画框。直明喜爱艺术，却缺乏专业知识，属于那种突然被画打动就会冲动购买的人。或许是这个缘故，墙上杂乱无章地挂着油画、日本画、版画和蚀刻画。即便如此，只要仔细地用心欣赏，还是能从中感受到一种共通的性质。但艺术对亲戚们而言一点也不重要，他们开口闭口就是画值多少钱。

"这幅画大概值多少钱？"

"不知道。不过，既然是这位画家画的，我想应该不会低于一百万吧。"

除了画作，直明还有其他藏品。墙边有一个镶着大片玻璃的展示柜，里面放着各式各样的物品，包括摆钟、原始的印刷机、早期的汽车设计图等。除了西洋物品，也有日本的幻灯机和机械玩偶等。

"社长说过，精心制作的机械也是一种艺术品。"美佐子正目不转睛地看着那些收藏品，松村不知何时来到身边，说道，"他还说，长年担任 UR 电产的领导人，却没有创造出任何艺术品，真是遗憾。"

"我公公说过那样的话啊……"

看似热衷追求尖端技术的直明，却有着完全不同的内心世界。

不久，行惠和俊和也来了。男人与女人的兴趣果然迥异，俊和兴致勃勃地看着展示柜里的物品，行惠似乎对古人的精雕细琢毫无兴趣，边说"直明先生也搜集了奇怪的东西"，边走过去。接着，她的目光停在展示柜旁的一个木柜上，左右对开的门关得严丝合缝。她看着美佐子，仿佛在问里面装了什么。美佐子只好歪歪头，表示不清楚。行惠毫不犹豫地打开门，向里面看了一眼便往后退去，发出"啊"的一声。

"哇，不得了啊！"俊和也发出感叹之声。

美佐子也跟着往里瞧，和行惠一样感到吃惊。木柜里放的是枪、刀剑、大炮的模型，以及火绳枪和十字弓。

"哈哈，是武器啊。竟然放在这种地方。"松村毫不意外地说道，"'武器的历史就是制作东西的历史'，这句话是社长的口头禅。不过，他搜集这类东西似乎并不积极。"

"这些是真刀真枪吗？"俊和问。

"应该是，不过大概不能用了。距离它们最后一次杀人，应该有很长一段岁月了。"

"这些看起来好像还能用。"俊和拿起一把用褐色木头制成、形状介于枪和弓之间的十字弓。

"哈哈，这把吗？这是去年年底，一个从欧洲旅经非洲到日本的男人带回来的，说是送给社长的礼物。他大概是想到社长的喜好

35

特地买的，但社长好像觉得那没什么价值。"

"好像也有箭呢。"

看到俊和拿出两支箭，松村警告他："你最好不要碰。听说那是毒箭。"

"咦？那可不妙。"俊和慌忙将箭和十字弓放回原位。

又有许多亲戚来到书房。身为瓜生家的人，美佐子被问了很多问题，她完全答不上来。幸好松村一直陪在身边，真是帮了她的忙。他常陪直明去选购收藏品，因此大部分事情都很清楚。

最后，弘昌和园子也来了。他们说也没好好看过父亲的收藏品。但他们好像觉得画很无聊，马上就跑去看木柜了。

"你看！这里有不得了的东西！"弘昌似乎也很喜欢十字弓。

美佐子一度离开书房，想起窗户忘记上锁又折了回来。弘昌和园子还在那里。美佐子正要拧开门把手，书房里传来声音，她停下了动作。

"我问你，爸爸是不是真的很恨妈妈和我们两个？"

是园子的声音。

"你在说什么？"

"哥应该也发现了吧？妈妈和那个人……"园子似乎在犹豫该不该说下去，但弘昌马上察觉了她想说的话。

"别胡说！妈不可能和那种男人认真交往。"弘昌一副气冲冲的口吻。隔了一会儿，又传来弘昌的声音："干吗？笑得那么恶心！"

"因为很诡异嘛。"园子说，"哥哥居然在袒护妈妈。"

"你这话什么意思？"

"就是那个意思呀，你不希望妈妈被其他男人抢走。"

房里发出咣当一声，接着是园子的声音。"好疼！放开我！不要因为我一语道破你的心事，你就恼羞成怒！"

"谁叫你乱说！你才是呢，因为爸走了就歇斯底里地疑神疑鬼。"

"我才没有歇斯底里，我是真的恨她。哥哥或许不想承认，但妈妈背着爸爸偷人却是事实。说不定就是因为她红杏出墙，导致爸爸折寿。如果是那样……"

又是一阵东西碰撞的声音。"你想怎样？"弘昌问。

"如果是那样，我绝对不会原谅她！我说真的。"

"危险！别对着我！"弘昌发出尖叫。

美佐子忍不住敲了敲门，拉开把手。

"园子……你在做什么？！"美佐子屏住呼吸。

"没什么，我们只是在闹着玩。"园子说。她手持十字弓，弓上还架了箭。弘昌整个人贴在墙上，吓得一脸铁青。

"我只是舍不得和爸爸的遗物别离。毕竟，没有一样是属于我们的。"说完，园子放下十字弓，离开了书房。

5

次日早上，送晃彦出门上班后，美佐子在阳台上晾衣服时，看到尾藤穿过大门朝主屋走去。大概是昨晚喝得太多，他的脸色似乎不大好。他一来到玄关，马上打开门，点点头，走了进去，在屋里迎接他的一定是亚耶子。从美佐子所在的位置，可以清楚地看到女佣澄江在修剪庭院的花草,今天年轻的女佣和美没来。

美佐子想,七七都结束了,尾藤来家里究竟有什么事呢?他如今在须贝正清的手下做事,工作日的早上可以来这里吗?幸好他是在园子上学之后才来。要是被园子撞见,只会让她更加憎恨自己的母亲。

但是,弘昌应该还没去学校。美佐子一想起昨天弘昌兄妹的对话,就觉得忐忑不安。

相对于园子喜欢直明,弘昌则有着不折不扣的恋母情结。他不管要做什么,一定首先找亚耶子商量。即使是出门旅行,也一定会打电话给亚耶子。他考高中时,亚耶子还将车子停在校门前等了他一整天。美佐子记得亚耶子曾苦笑道:"不那么做的话,他会坐立难安。我是希望他能稍微独立一点,不过,养小孩果然很不容易。"

直明似乎也对此感到很头疼。弘昌那么依恋母亲,像昨晚园子说的,美佐子不难想象,如果让他知道亚耶子和尾藤的关系,他心里将会掀起一场多么猛烈的风暴。

下午家里又来了别的客人。当时,美佐子从主屋的厨房后门进去,看到澄江正在剥栗子,便和她闲聊了几句。就在这时,门铃响了。

从走廊的方向传来说话声,接着脚步声由远而近。亚耶子走进了厨房,一见美佐子,她吃惊地张大了嘴巴。

"我来问明天要准备的事。"美佐子说。她指的是有关处理直明的艺术品的事。昨晚晃彦一说要送给想要的人,亲戚们马上摩拳擦掌,露出一副要抢东西的模样。于是晃彦说:"艺术品商人下次到家里来是三天后,大家只要在前一天聚在一起讨论,决定怎么分配就行。"也就是明天了。美佐子昨晚和亚耶子讨论,决定提前一天将艺术品移到大厅，因此必须询问亚耶子，细节该怎么处理。

"噢，对，是该跟你说一下那件事。不过，你再等我一下。我现在有点事要忙。等我忙完，我会去叫你。"

这不像亚耶子平常流畅的语气，美佐子下意识地察觉自己不该待在这里。"那么，我在房里等。"

"好，就那么办。还有澄江，不好意思，你可不可以去帮我买些东西？要买的我写在这张纸条上了。"

美佐子偏着头，疑惑地想，婆婆好像想把所有碍事的人全都赶出去。

美佐子穿过厨房后门走回别馆时，往访客用的停车场瞄了一眼。那里停了一辆黑色奔驰，车周围还留着尾气的臭味。美佐子见过那辆车——须贝正清的备用轿车。须贝先生来家里有什么事呢？

美佐子还发现车棚里停着弘昌的保时捷，他平常几乎都开车去上学。真奇怪，难道他今天搭电车吗？美佐子诧异地回头望向主屋。

入夜后，大家开始搬移艺术品。美佐子和亚耶子、澄江一起将画从书房搬到大厅。虽说不过是画，但画框的重量不可小觑，还要小心以免碰撞。

"这些不用搬，反正好像也没什么人要。"亚耶子指着玻璃展示柜和木柜说，美佐子也同意。亲戚们感兴趣的仅限于值钱的画作。

当书房里只剩下美佐子一个人的时候，她再次环顾室内。光是撤走艺术品，房里就感觉宽敞了许多。

美佐子看到木柜的门半敞着，想将它关上，却没成功，定睛一看，原来门最下层的地方被东西卡住了。她想，奇怪，十字弓和两支箭原本放在最上层,为什么只有一支箭放在最下面呢?她马上解开了这个疑问。仔细一看,那支箭掉了一根羽毛。大概是打算拿去修理,所以只有这一支放在不同的地方。

美佐子想起松村曾经说过"这些箭很危险,别碰为妙",便将箭放回原处。

关上柜门时,从隔壁书库传来啪嗒一声。美佐子原以为没人,闻声吓了一跳。这间书房和书库间由一扇门连接,可以不出走廊地自由来去。

门缓缓开启,出现的人是晃彦。美佐子吐出屏住的气息。

"老公……你别吓我啊!"

"有谁来过?"晃彦眼神锐利,仿佛没有听见般问道。

"你指的是……"

"白天。有没有人到家里来?"

"噢,听你这么一说……尾藤和须贝正清好像来过。"

晃彦的脸颊突然抽动了一下。那是他不知所措时会出现的习惯动作。

"可是我没有看到他们,只看到有车停在停车场里……你要不要去问问妈?"

"不,不用了。"晃彦原本打算离开书房,但他将手搭在门上,又回过头来看着美佐子,说,"别告诉任何人我问过你这件事,知道吗?"

"嗯。"

她一应声,晃彦便粗鲁地甩上门离去。

6

大概是认为先来才能抢到好东西的心理作祟，次日早上十点过后便陆续有人登门。男人们要工作，来的大部分是女眷。她们与主人略一寒暄，便朝大厅而去，美佐子和两名女佣一起忙着为她们张罗茶和点心。

有人甚至带了认识的画商来帮忙估价。然而，大家都很精明，所有人都对某几幅画感兴趣，看来要商定如何分配绝非易事。

快中午时，这些人的丈夫也前来观看战局。他们似乎是跷班来的，一听事情还没有谈妥，便留下几句激励妻子的话便再度离去。因此，访客用的停车场几乎始终爆满。尾藤也现身了。他似乎是替正清来的。

午餐叫了附近寿司店的外卖。直明身体还硬朗的时候，时不时就会订几十份寿司。

大厅里暂时休战，美佐子决定和澄江她们一起在厨房里用餐。她不想待在大厅里。要她静静地坐在虎视眈眈地想将直明的遗物据为已有的亲戚当中，她一定会窒息。

美佐子正用筷子夹起寿司时，看见有人从流理台上方的凸窗外经过。玻璃有花纹，她看不清楚那人是谁。

"咦？是谁呢……"

"怎么了？"澄江好像没有察觉到有人经过。

美佐子放下筷子，从厨房后门出去，再绕到屋子的后门。

她看见一道黑影飞快地跑过去。她惊呼一声,再看时却已不见人影。

"少夫人……"澄江也跟了过来。

美佐子摇摇头。"嗯,没什么。去吃饭吧。"

美佐子边想刚才的人影边往厨房后门走去,忽听澄江高声说道:"哎哟,小姐!"

园子正朝她们走来。

"园子,你怎么了?"美佐子问。

"我有点不舒服,所以回来休息。不过没什么大不了的,你别担心。我不想走前门,让我从厨房后门进去吧。"

"好。"

园子的确像是不舒服,脸色不太好。她进屋喝了杯茶,看了时钟一眼,问美佐子:"弘昌哥在家吗?"

"弘昌?不在呀。"美佐子摇摇头,"他去上学了。怎么了?"

"没什么,只是随口问问。"说完,她便拿着书包离开了厨房。

下午一点左右,遗物争夺战再度展开。亚耶子负责协调,但她毕竟只是瓜生家的继室,似乎缺少了一点威仪。因此,实际上负责的是行惠。美佐子在一旁看着,很显然,有价值的物品都落入行惠的近亲手里。

"这下子,简直不知道是谁的遗物了嘛。"亚耶子在美佐子耳边低声说道。

这时,有人怯生生地打开她们身后的拉门,是和美。她探出头,口齿不清地说:"有电话。"

"电话?谁打来的?"亚耶子问。

"这个嘛……"和美趋身向前,将脸凑近亚耶子耳边。美佐子听见她说"警察",不禁吓了一跳。

亚耶子大概也吃了一惊,表情严肃起来。

几分钟后,亚耶子回到大厅,漂亮的脸庞罩上了寒霜。她一溜烟冲到行惠身边。行惠正在思考该如何分配几幅日本画。

"行惠,糟了。"亚耶子上气不接下气地说道,"听说正清先生被人杀死了。"

刹那间,屋内一片静默。

第二章　箭

1

　　尸体以抱着墓碑的姿势倒在地上。

　　额上的破洞流出鲜血，警方推测应该是倒地时造成的。死者身穿蓝色运动服，这种打扮实在不适合出现在墓地。供奉在墓前的白色菊花散落一地，花瓣掉落在尸体脚边。

　　和仓勇作看着铭刻在墓碑上的文字，心想，死得真惨！

　　一个人地位再高，钱存得再多，还是避不开突然造访的死亡，甚至连死法都完全没有选择的余地。这个男人大概做梦也没想到，会以这种姿态结束人生。他应该是那种临终时想在身边铺满黄金、于众人的守护下离去的人。

　　警方已经查明死者的身份——UR电产社长须贝正清。如果做一份问卷，调查谁是当地最有权势的人，他肯定能够挤进前三名。

　　勇作想，真公平啊！死亡面前，人人平等。仔细想想，这可能是人世间唯一公平的地方。

"事发过程整理如下：十二点到十二点十五分左右，死者在社长室里用简餐；十二点二十分左右，吃完饭后换上运动服去慢跑。到这里为止，你也知道吧？"刑事科长在一旁滔滔不绝。这个胖墩墩的男人平时工作谈不上认真，但这次的被害人是个大人物，他的态度到底略有不同。

接受侦讯的是须贝正清的秘书尾藤高久。他瘦长的脸一片铁青，频频用手帕擦拭嘴角，对刑事科长的问题默默点头作答。

科长继续："平常他会在十二点五十分左右回公司冲澡，下午一点开始办公……公司里有浴室？"

"就在社长室隔壁。"

"嘿，地位高的人就是不一样。你一点去社长室，但须贝社长却不见人影，是吗？"

"是的。自从我在须贝社长手下做事以来，从来没有发生过这样的事。"

据尾藤说，须贝正清习惯在每周三下午到公司的后山慢跑，然后一定会去途中的真仙寺墓地，扫扫须贝家的墓，即须贝正清的陈尸之处。

"你等了三十分钟，他还没回来，于是你担心地沿着他慢跑的路线一路寻来，发现他倒在这里，是吗？"

"是的。刚看到时，我以为他心脏病发作了，没想到……"尾藤喉咙的变化表明他吞了一口水。

旁听的勇作暗想，认为须贝正清心脏病发作很合理。年逾五十的男人身穿运动服瘫在慢跑的路上，任谁都会那么想。

然而，尾藤应该马上就发现正清不是病死的，因为正清背后插着寻常尸体上不会有的异物。

那是一支箭,长约四十厘米,直径约一厘米,箭柄是铝质的,箭尾装了三根削成三角形的鸟羽。

一支不折不扣的箭,就插在正清脊椎左侧约十厘米处。

"有谁知道死者习惯在星期三午休时慢跑吗?"科长问道。

尾藤摇摇头:"我不清楚。不过,应该有挺多人知道。"

"他这么做很出名吗?"

"嗯。其实不久前,《经济报》曾经介绍过。"尾藤说,那份报纸明确提到了须贝慢跑的事,还刊登了真仙寺的照片。

"搞什么!那不等于人人都有下手的机会了?"科长夸张地皱起眉头。

"关于插在死者背后的箭,你有没有印象?"勇作问。

他几乎不抱任何期待,尾藤却皱起眉头,用一种"事态严重"的口气说:"关于这一点嘛……"

"你见过?"

"嗯……我猜大概是那个。"

"什么?"

"瓜生前社长的遗物。"尾藤告诉刑警们,瓜生直明的收藏品中有一把十字弓。

"嚄!竟然有那种东西,不得了!"刑事科长一脸亢奋地叫来一个属下,命他和瓜生家附近的派出所联系,请他们确认瓜生家的宅院里有没有十字弓。

"弓不是随处可见的东西,凶器大概就是这个了。"大概是因为出师告捷,科长的声音显得雀跃。毕竟被害者是个大人物,他也想在这件案子上多立点功。

局长也急于破案，他应该正在指挥警力防止外人进入、破坏现场，并在真仙寺周围地毯式搜寻线索。仿佛只要竖起耳朵，他那特殊的口音就会乘风而来。

然而，勇作的想法却和这两位上司不同。

"包含那把十字弓在内的遗物，现在由谁在管理？"

勇作一问，尾藤立刻给出明确答案。"前社长的长子瓜生晃彦。"

"瓜生晃彦啊……"

那正是勇作预料中的名字，对他而言，这个名字具有特殊意义。

勇作离开那里，搜寻犯人留下的蛛丝马迹，往尸体正后方走去。不远处，有一面围住墓地的水泥墙，高度大约到勇作的胸部，还不至于妨碍犯人射箭。墙的另一头就是杂木林。

勇作爬过围墙，置身林中。这里并不如外面看起来那般狭小。然而，若从这里射箭，眼前的墓碑会成为障碍，不可能瞄准须贝正清。于是他一面盯着尸体的位置，一面沿着围墙移动。

结果他来到一棵大杉树旁。那里距离目标约十几米，几乎不会被任何东西阻碍，能笔直地瞄准须贝正清的后背。

勇作仔细观察那处的地面，明显可见最近有人踏过的痕迹，地面有鞋子踏过留下的凹洞。

"科长。"勇作请上司来看。

"原来如此。凶手很可能曾躲在这个地方。"

"这里有围墙挡着，如果蹲下来，从被害人的方向应该看不到。只要寻机瞄准被害人背后就行了。"

警部接受了这个推论，高声叫来鉴识人员，命他们拍照存证并采集足迹。

勇作一会儿盯着鉴识人员作业，一会儿朝墓地望去，就地平举起一只手，将手掌比成手枪，让食指瞄准目标，再对着刻有"须贝"的墓碑凭空想象出一个瞄准器，向左移动。当"瓜生"二字映入眼帘时，他停下了动作。瓜生家的墓就在一旁。

勇作感到胃酸翻滚，仿佛胃里被塞了一块铅，令他不适。他将比作枪管的食指对准"瓜生"二字，扣下想象中的扳机。

2

勇作还记得刚上小学时，父亲牵着他的手，穿过小学的校门。入学典礼在礼堂举行，孩子们按照班级顺序排排坐，家长们在后排观礼。

勇作的右边是一条走道，对面是隔壁班级的队伍。

台上，没见过的大人轮流致辞。勇作没多久就感到无趣，在椅子上窸窸窣窣地挪动身体。忽然，他察觉有人在看自己，那道视线来自走道另一边的班级。他望了过去，那是一张曾打过照面的脸。

勇作还记得，那正是在红砖医院遇见的少年。红毛衣、灰围巾、白袜子，一切都深深地烙印在他的脑海。少年那时搭上那辆长长的高级轿车，从勇作面前驶去。他也念这所学校？

勇作瞪回去。那名少年却飞快地打量了他一番，然后将脸转回前方，直到典礼结束都不曾再转过头来。

学校生活比勇作想象的更舒适愉快。他交了许多朋友，学了很多原本不知道的东西。如果次日要远足或开运动会，他就会因亢奋而失眠。

大概是因为勇作个头大，又很会照顾别人，他成了班上的领袖。无论是玩捉迷藏，还是打纸牌，分组或排序都是他的工作。对于他决定的事，没人会有意见。

第一次发下来的成绩单上，漂亮地写着一整排"优"，评语栏里也夸奖勇作"积极进取，具备领导力"。不用说，父亲兴司自是为勇作感到高兴。他看了成绩单，脸上挂着由衷的佩服，看着儿子。"了不起啊，勇作，你和我的资质真是有天壤之别。"

升入三年级的时候要换班。不到一个月，勇作又成功掌握了新班级的主导权。不过，他并不是刻意要那么做，而是一回神，事情已经自然而然地演变至此。他当时简直感觉地球是以自己为中心运转的。

只有一件事令他心存芥蒂。不，或许该说只有一个人令他耿耿于怀。

就是那个少年，那个入学典礼时直盯着他看的少年。

有的人和自己分明毫无瓜葛，却怎么也不能无视其存在。即使对方不吸引自己，也和自己无冤无仇，但不知为什么，只要一看到对方的脸，内心就会掀起一阵波动。对勇作而言，那个少年正是这样的人。他们不同班，也不曾说过话，但勇作却发现自己的眼睛经常追着少年的一举一动，这并非出于想和对方成为朋友的目的，而是莫名地觉得对方极为讨厌。

或许这是一股强烈的忌妒。如同在红砖医院见到少年的时候一样，他的良好身世诉说着两人生活环境的巨大差距。不过，那不是勇作忌妒他的真正理由。勇作身边也有好几个家世明显强过勇作的孩子，但他对他们几乎没有感觉。

此外，勇作确定并非自己单方面地在意对方。在运动场上投球的时候，他会突然感觉到有人在看自己，靠直觉往这种目光的来处看去，几乎一定会和那个少年四目相交。只要勇作瞪回去，对方就会移开视线。这种情形多次出现。

真是个讨厌的家伙！勇作每次都么想，或许对方也有同感。

勇作从一、二年级同班的同学口中得知了少年的名字——瓜生晃彦。他觉得这真是个矫揉造作的名字。

那个朋友还告诉勇作，瓜生晃彦的父亲是一家大公司里身居高位的大人物。然而，这没有扭转勇作对他的负面印象，而是造成了反效果。

"他成绩好吗？"勇作问。

"很好。"那个同学说，"每次老师上课点到他，他都能答出正确答案，而且考试总是一百分，是班上的第一名，说不定也是全年级第一名。"

"全年级第一名"这句话惹怒了勇作。当时，他已自诩为第一了。

"不过，他好像不是班长。"勇作说。他认为，不管在哪个班级，成绩最好的人一定耀眼而出众。

"因为瓜生没有朋友，没人推荐他。"

"哦。这么说，他不太受欢迎？"勇作自己则众望所归地当上了班长。

"是啊，一点也不受欢迎。他也不和大家一起玩，老摆出一副臭架子。"

这句话让勇作很受用。两人虽没有什么深仇大恨，但一听到有人说瓜生晃彦的坏话，他就觉得很开心。

勇作一直很在意晃彦，时而还会触到他令人讨厌的视线。时光就这么流逝。

四年级夏天上游泳课的时候，两人有了正面的接触。

那天是那个夏天最后一次下水游泳的日子。五个班级举行两百米游泳接力对抗赛，各班选出四名精英，每人五十米。

勇作自然入选了，他对游泳很自信。在此前的游泳课中，没人游得比他快，于是由他担任最后一棒。

勇作在起跳台后面等待的时候，听见了隔壁班同学的对话。那是瓜生晃彦所在的班级，他也在选手之列。从顺序来看，他是第三棒。

只听他回头对最后一棒选手说："喂，跟我换。"

"为什么？我们不是猜拳决定了吗？"

"少啰唆，跟我换就是了。"

瓜生的身型在四年级学生中算是高大的，五官也像个小大人，对方被他一瞪，马上慌张地起身和他对换。

在一旁观看的勇作和瓜生四目相接，随即移开了视线。

比赛开始了，第一棒、第二棒相继跃入泳池。第三棒入水后，勇作站上起跳台，将口水抹上耳朵。

"和仓，拜托你啦！"

勇作举起手，响应同学的加油声。

五名选手中，瓜生班的领先一个身长的距离，勇作班的居于第三。勇作确定自己能扭转颓势，超越瓜生这家伙……

然而，意想不到的事发生了。第三棒明明领先回来，游最后一棒的瓜生却没有立刻跳入水中。观众席上传来"你在搞什么啊"的叫声。不久,勇作班上的选手也回来了。甫一接棒,勇作立刻跃入水中。他把握住了绝佳的入水时机,飞快地以自信的自由式划水前进。他认为自己已居首位,可以遥遥领先抵达终点。

但当他在二十五米处正要折返时,看到了难以置信的景象——有人竟在自己前面!

是……瓜生!不可能!他分明比我晚下水……

勇作拼尽全力。然而,当他抵达终点、从水中探出头时,却看到瓜生已经脱下泳帽。瓜生发现了他的视线,微微咧嘴一笑。勇作第一次看见瓜生笑。如果当时他是初中生,心里大概会浮现"嘲笑"这个字眼。那笑容似乎在对他说:"你别自以为是了!"

勇作意识到,瓜生是故意那么做的。他从一开始就打算让勇作成为笑柄,才会强行和同学换棒,还故意晚下水,让勇作难堪。

勇作沮丧得几欲流泪,他再度潜入水中,咬紧牙根。

观赛同学的赞美证实了瓜生比赛时的泳技何等高超。有人说他的手臂舞动宛若风车,有人则说他如鱼般在水中穿梭。他们说的大概都是事实。

那天之后,勇作郁闷了很久。他只要一发现瓜生的身影,就会下意识地掉头就走。他讨厌那样的自己。

他当时没发现,那是自己第一次尝到自卑的滋味,但察觉到原本莫名地讨厌瓜生的心情,已变成了一种明确的憎恨。

"总有一天我要击败你!"他下定决心。

来年春天升上五年级,两人进了同一个班。

勇作仍是班上的领袖。那时，同年级的同学当中，和仓勇作这个名字几乎无人不晓，所以在班长的选举中，勇作以压倒性的票数当选。

在学业方面，勇作也从没有感到不安。无论数学还是语文，他都觉得很容易。听老师讲课就像在听老人忆当年般简单易懂，而当老师点到他时，他也能应答如流。看到同学被分数的加法弄得焦头烂额，他觉得很不可思议，不明白为什么他们连这么简单的东西都不会。

看来我在这个班上也是第一名！刚升上五年级不久，勇作就很自负地这么想。

但没过多久，他就发现这不过是个幻想，让他的自信破灭的也是瓜生晃彦。

两人同班后，勇作对瓜生在意了很久，但他渐渐发现瓜生和从前的同学说的一样，是个不起眼的人。他沉默寡言，又老是和众人保持距离；课堂上，他也不像勇作那样踊跃发言；一到下课时间，几乎全班都会冲到校园里玩，但他大多在位子上看书。他好像没有比较亲近的朋友，让人摸不清他到底是个什么样的人。

只不过，瓜生依旧会远远地向勇作投来不怀好意的冰冷视线，勇作也很在意他的一举一动。两人虽然不想接近彼此，却总是注意着对方。

第一次月考后，勇作才知道瓜生的实力。老师宣布勇作和瓜生都考了满分。勇作惊讶地看着瓜生。瓜生却用手托着腮帮，一脸满不在乎的表情。

从那之后，勇作总是在意瓜生的成绩。他想知道这个令人摸不清底细的对手真正的实力。约两个月后,勇作便明白了。

瓜生晃彦的学习成绩出类拔萃,可以说是卓尔不群。不管任何一科的考试、课后作业,就勇作所知,从来没有瓜生解不出的问题。他的作业总做得完美无缺,考试也几乎都得满分。勇作虽然没有拿过低于九十分的分数,但不时会因粗心而出错。有时,老师会故意出考倒小孩子的问题,勇作也只好举手投降,但对瓜生而言这却是小事一桩。又如在欧洲地图上填出各国首都、听写汉字"启蛰"、解数学方程式,他都一脸无趣地快速答出,而且正确无误。

瓜生还不只擅长读书,要他做任何运动,他都能安然过关。所谓"安然过关",其实只是装出来的。他给人一种"只要他认真去做,就能跑得更快、跳得更高"的感觉,仿佛要他为这种无聊透顶的事情全力以赴,是愚蠢可笑的行为。

在各方面都大放异彩的瓜生,在人际关系方面却是彻头彻尾的劣等生。他不给人添麻烦,但也全然不想与众人同乐。当以班级为单位活动时,他只是早早把自己负责的部分做完,对他人的工作却视而不见。然而,他负责的部分却完美无缺。

"我讨厌和瓜生在一起。"

"他以为自己成绩不错,就拽得跟二五八万似的。"

这么说的学生渐渐增多。

"和仓,你可别输给那种人!给他点颜色瞧瞧!"勇作身边的朋友说。大家都无法忍受瓜生不把人放在眼里的态度。

最看不惯瓜生的就是勇作。

勇作几乎不曾落在人后。读书、运动、绘画和书法,他样样得第一。当然,成绩的背后有许多他付出的努力。而他辛辛苦苦才到手的头名宝座，却让瓜生哼着歌轻轻松松地夺走。就像那次游泳比赛一样。瓜生赢了，却一脸"这种小事一点也不值得高兴"的神情，简直就是故意要惹勇作生气。

"你怎么了？最近很没精神。"几个同学常对勇作这么说。勇作感到很意外。他从没想过，别人会对自己说出同情的话。

"没什么。我也有情绪低落的时候。"他总是故意高声回答。

要除掉这股窝囊气，除了超越瓜生别无他法。勇作放学回家后，只要一有时间就坐在书桌前用功读书，休息时间就跑步、做俯卧撑。他学会了画世界地图、背诵星座，闭着眼睛也能吹木笛，书法端正漂亮，而且认识了所有常用汉字。然而，他越是努力想赶上瓜生，两人间的差距却越是明显。勇作开始焦躁，常常坐立难安，而且经常迁怒于朋友。

一天，开班会时发生了一件事。

勇作和平常一样担任主席，主题是如何解决班上负责的花圃最近荒芜的问题。勇作的工作是在同学们各自发表意见后，加以汇总整理。

其实，勇作最近对班会也开始感到棘手。他站在讲台上俯视大家时，眼角余光总是不经意地扫到瓜生，还非常在意瓜生用何种眼光看待自己。

"明明什么都不如我，还敢摆出一副老大的架子。"勇作猜想着，瓜生是不是正在这么想呢？他以前从未有过这么自卑的想法。

勇作让同学们进行讨论，一半心思却放在瓜生身上。他非常在意瓜生的一举一动，但绝不正眼瞧瓜生一眼。

"照顾花圃的顺序就这么决定。不过，负责的人再怎么巡视，要是没有认真照顾，也没有意义。有没有办法解决这一点呢？"事情大致决定后，勇作说。他认为，提出新的问题也是主席的工作。这时，勇作看见瓜生在打哈欠，闭上嘴巴后又转头看着窗外。勇作从他身上移开视线，又问了一次："谁有意见？"

大家提出几条意见，却始终没有定论。

于是勇作说："这么做怎样？我们制作一本记录本，将浇水、拔草等记录在上面，这样一来……"

勇作看到瓜生的表情，话讲到一半停了下来。瓜生用手托着下巴，歪着嘴角笑着。是那种笑容！游泳时的笑容！

那一瞬间，勇作压抑在心中的情绪爆发了。

他冲下讲台。

大家正感到惊讶，他已冲到瓜生桌前，握紧拳头猛力捶向桌子。

"你有话直说！你有意见，对吧？！"

瓜生却一脸莫名其妙的表情，依然用手托着下巴，定定地盯着勇作的脸。"我没有意见。"

"胡说！你明明瞧不起我。"

"瞧不起你？"瓜生哼了一声，把脸转向一旁。

一看到这个动作，勇作来不及思考，身体就先行一步。他抓住瓜生的手腕，使出全力将对方拉起，于是瓜生连人带椅摔在地上。勇作骑在他身上，双手揪住他的领口。

"住手！你们在做什么？！"

当身后传来老师的声音时，勇作感觉屁股腾空。下一秒，他已背部着地，摔在地上。

勇作爬起身，瓜生正拂去衣服上的灰尘。他低头看着勇作，小声但清晰地说："你是不是脑子有问题？"

这场架很快传开了。当勇作带着老师的信回家时，父亲兴司气得满脸通红。老师在上面写了勇作在学校里的行为，并请兴司签名。

"为什么？"兴司问，"为什么你要做出那种事情？"

勇作没有回答。表明内心的想法，就像是在暴露自己的软弱，这令他害怕。

父亲的愤怒久久不见平息。勇作做好了心理准备：或许自己会被撵出家门。

然而，兴司读完信后，表情有了一百八十度的大转弯。他抬起头来，问道："跟你打架的瓜生，是瓜生工业老板的儿子？"

"是。"勇作回答。UR 电产当时还叫瓜生工业。

兴司皱起眉头，从茶柜里拿出钢笔，默默地在信上签名，然后低声说："别做蠢事！"

勇作完全不明白，为什么父亲的怒火会快速熄灭。

此后，勇作变了。他不再喜欢出头，也不再表现得像个领袖。他只是不停地思考，如何打败瓜生。

两人的关系如此持续了好几年。

3

县警总部派来的搜查一科刑警、机动搜查队和鉴识人员抵达了命案现场，重新进行地毯式搜证，并调查勇作发现的射箭场所。

行惠和俊和也来了。负责向他们听取案情的是搜查一科的刑警。县警总部也派出三名刑警前往公司。董事们应该已经听说此事，此刻一定正齐聚一堂，为如何善后而烦恼。

　　县警总部的刑事调查官正在勘验尸体，勇作也在人群中做着笔记。统和医科大学法医学研究室的副教授也参与验尸，提供意见。经初步调查，发现了一个令人意外的事实，须贝正清似乎死于中毒。

　　"中毒？"一名刑警发出难以置信的声音，"什么毒？"

　　"还不清楚。似乎引起了呼吸麻痹，可能是一种神经性毒素。箭上恐怕有毒。"温文尔雅的副教授慎重地说。

　　尸体被送至指定大学的法医学教室进行司法解剖。这时，跑社会新闻的记者已蜂拥而至，随处可见记者抓着认识的刑警死缠烂打，试图问出内情。

　　"和仓。"验尸完毕，刑事科长叫住勇作，命他去瓜生家一趟。

　　听到"瓜生"两个字，勇作心跳微微加速。"调查十字弓的事？"

　　"嗯。凶器似乎就是直明先生的遗物。听说他们去查看时，十字弓从原本存放的柜子里消失了。"

　　"凶手拿走的？"

　　"应该是，你马上去询问有关人等。不过，需要问的人很多，还有几个刑警也去。鉴识人员应该也去。"

　　"知道了。"

　　"噢，对了。你今后跟搜查一科的织田警部补一组，要听从他的指示行动。"科长指着一个身高约两米的彪形大汉。那人着灰黑色西装，头发向后梳，年龄看起来和勇作相仿，职位却高了一级。

　　"是。"勇作回答后，来到织田身边，打了声招呼。织田眼窝凹陷，充血的眼珠转了一圈，俯视勇作。

"你先保持安静，这是我的第一个指示。"织田警部补用一种低沉平板的声音说道。

"如果没有必要开口，我自然会保持安静。"一和他对上眼神，勇作立刻告诉自己要冷静。

他们开勇作的车前往瓜生家。织田缩着长腿坐在副驾驶座上，一面在记事本上写东西，一面喃喃自语。

勇作手握方向盘，想着瓜生晃彦的事。等会儿说不定会见到那个男人。这么一想，他就无法压抑住不安，但不可思议的是，心中涌起了一股类似怀念的情绪。他感到一阵困惑。

瓜生晃彦令勇作在意，并不只是基于他在课业和运动上的强烈竞争心理，还有一个特别的原因。事情发生在小学毕业的时候。

毕业典礼和入学典礼一样，在同一座礼堂举行。所有学生和入学那天一样依序排列，从校长手上接过毕业证书。讲台后面贴着一面国旗，大家依照平常的仪式，看着国旗，口唱骊歌。

勇作的父亲没来，但有不少毕业生的父母出席。父母带着小孩向老师打招呼。

等到大家开始散去，瓜生晃彦的父亲才出现。车停在正门前，下来一个身穿棕色西装的男人，感觉不像是来参加毕业典礼，只是来接孩子回家。

勇作的老师立刻跑了过去，满脸堆笑，微微欠身，对那人说话，和对待其他学生家长的态度相去甚远。

勇作停下脚步看着他们，身穿西装的男人也正好将脸转向他。勇作看到那张脸后有点错愕，觉得好像在哪里见过。车子留下废气扬长而去后，勇作才想起那人是谁——绝对没错，那个男人是红砖医院的早苗去世时到他家里来的人，那个和父亲长谈、回去时还摸了摸他的绅士！

为什么那个人是瓜生的父亲？

勇作愕然地目送车子离去。

勇作还想起了一件事：仔细一想，自己和瓜生晃彦第一次见面，也是在和早苗留下共同回忆的红砖医院里。

难道瓜生父子和早苗的死有关？那会是怎样的关系？

这个疑问，使得瓜生晃彦成了勇作心中更为重要的一个人。

从命案现场真仙寺到瓜生家，用一般车速开了十五分钟。先到达的刑警和鉴识人员从大门进入，正往前门而去。勇作将车停在门前，跟在他们身后。

站在最前面的是县警总部的西方警部。他身材不高，脸也不大，但端正的姿态让人感到威严十足。

走到玄关相迎的是一名四十多岁的美丽妇人，名叫瓜生亚耶子，是瓜生直明的妻子。勇作很清楚，她是直明的续弦。

"放十字弓的房间在哪里？"西方问。

"二楼外子的书房。"亚耶子回答。

"我听说，亲戚都聚集在府上。"

"是的。因为我们在整理外子的遗物……他们现在都在大厅。"

"打扰了。"西方脱下鞋子，其他刑警也依样而为。

西方看了属下们一眼，下令道："织田、和仓还有鉴识人员和我一起去书房。其他人去大厅，一个个地问话。"

于是亚耶子唤来女佣,要她带织田和勇作之外的刑警到大厅,自己则领着勇作他们,走上一旁的楼梯。一上二楼,是一条长长的大走廊,两侧房门一扇挨着一扇。走廊尽头好像是露台,看得见天空。亚耶子要打开眼前那扇门,织田制止了她,自己动手打开。

"这里就是外子的书房。"亚耶子说。

西方一走进去,马上发出惊叹:"真大!"

勇作也有同感。这间书房比他现在租的整间公寓套房还要大上许多。

亚耶子指着放在墙边的木柜,说里面原本放着十字弓。织田戴上手套,打开柜门,里面排列着枪和刀剑等古董。西方命令鉴识人员采集指纹,自己则带着亚耶子走到窗边,以免干扰他们工作。

"有谁知道这里有十字弓?"西方问。

亚耶子一脸茫然地歪着头。"前天是外子的七七,所以我想,大部分出席的人都知道。"

"哦?为什么?"

"其实……"亚耶子说,晃彦在七七那晚让大家参观直明的收藏品。今天亲戚们齐聚一堂,似乎也和那件事情有关。

西方稍一思索,然后问道:"夫人,最后一次看到十字弓是什么时候?"

"昨天晚上,不过我想今天早上应该还在书房里。我念大学的儿子出门前,还告诉我,爸爸房里的十字弓没收好。大概是昨天将艺术品移到楼下的时候被谁拿出来了。于是我让一个年轻的女佣和美将它收好。"

"那是什么时候?"

"客人来家里之前……我想是九点半左右。"

"你发现十字弓不见了,是什么时候?"织田首次开口。

"刚才。巡警到家里来,说是我家有把十字弓,他要确认一下。"

"你今天也来了这间书房好几趟吗?"

"没有,今天都忙着招呼大厅里的人……"

"还有谁来过这里?"

"这个嘛……"她侧首思考着,"今天应该没人有事要到这里来……我问问女佣或儿媳,说不定她们知道点什么。"

勇作对"儿媳"这两个字有了反应。原来瓜生晃彦已经结婚了。

勇作想,自己在这一点上也输了——他至今还是单身。

"今天到府上来的只有聚集在楼下大厅的人?"

"不,那个……"亚耶子说,除了聚集在楼下的女人,她们的丈夫中午前也来看过遗产分配的情形。虽然他们待在这间屋子里的时间很短,但趁机溜进这个房间也并非难事。

"其中有没有人带包?"勇作提出了第一个问题。

"包?"亚耶子露出困惑的眼神。

"大包,或是纸袋。"

她摇摇头:"我不记得了。"

"哦。"勇作没有追问。他指的是用来装十字弓的包或纸袋,凶手不可能光明正大地带走十字弓。

西方好像察觉了勇作的想法,说:"这件事应该也问问其他人。"

织田接着问进入这间书房的路线,首先得知可以沿一楼的楼梯而上。

"也可以从外面直接进来?我刚才好像瞄到屋外也有楼梯。"

63

"是的,的确有。走廊尽头的露台上,有一道通往楼下的楼梯。"

勇作他们跟在亚耶子身后,来到走廊,打开镶嵌玻璃的门走出露台,低头可见一道通往后院的楼梯,从后院很快就能到后门。

"还有这种方法……"西方警部自言自语道,然后问亚耶子,"这扇玻璃门上了锁,谁有钥匙?"

"我,和我儿子。"

"儿子是指……"

"长子晃彦。"

"哦……"西方摸了摸下巴上没剃干净的胡楂,"他今天想必在公司?"

"他是去上班了。不过,不是去公司。"

"他不在UR电产上班?"织田问。

"不是。他说不想继承父亲的事业……在统和医科大学脑神经外科当助教。"

勇作的胸口一阵抽痛,脑外科医生……

"差别真大!"西方说,"命案的事告诉他了吗?"

"是的。他说马上赶去须贝先生那里。"

"哦。"

来二楼的目的几乎达到了,勇作他们也下楼来到大厅。四名刑警分成两组,分别向七八个关系人问话。西方一度集合属下,扼要转述了亚耶子的话,要他们按照那些信息发问。

他们各自回到岗位后,西方问亚耶子:"目前在家里的只有这些人吗?"

她环顾大厅,然后说:"还有两个女佣,她们大概在厨房。噢,还有我儿媳。她说身体不太舒服,回别馆休息了。"

"别馆?她不舒服到不能接受我们询问的地步?"

"不,我想应该还不至于。"

西方点头,命令织田和勇作去别馆问话。

"不过,你们要注意,别造成少夫人的负担。"西方补上这么一句,绝对是因为感受到瓜生这个姓氏的分量。

从主屋穿过庭院直走就是别馆。织田大步前进,勇作紧跟在后。比起西方在的时候,织田显得更为抬头挺胸。

说是别馆,其实无异于自立门户,有门廊,里面还有一扇西式大门。

织田按下门旁的对讲机按钮,听见一个年轻女性应门的声音。织田报上身份、姓名,对方应道:"好的,我马上开门。"

不久,大门打开,出现一名身穿白色毛衣、身材颇为高挑的女人。

"打扰你休息,不好意思。我姓织田,隶属于县警搜查一科,这位是岛津警局的和仓巡查部长。"

织田一介绍,勇作低头问好,然后抬起头来,再次看着对方的脸。

勇作脑中闪过一个念头:为什么眼前的女人那么惊讶呢?

但接下来,便换成他惊愕不已了。

小美……他吞下几乎脱口而出的呼唤。

4

晃彦回到家时已过七点。亲戚和警察已经离去,家里总算安静下来，可以好好吃顿饭了。亚耶子要晃彦夫妇今晚一起吃饭，所以美佐子也在主屋的餐厅里，弘昌也放学在家。瓜生家很久不曾全员到齐吃饭了。

晃彦绷着脸，坐在餐桌边也不打算主动开口。不过，亚耶子问起须贝家的事，他还是答道："亲戚们几乎都去了，家里也全是公司的同事。记者听到消息，来了一大堆。俊和也回家了，可我想他一个人要应付一群人太辛苦，就帮他打电话到处联系。"

"辛苦了。"亚耶子说。

"到底是谁做出那种事情呢？"弘昌谨慎地开口。或许命案令他颇受打击，他几乎没什么胃口，早早就放下了刀叉，光是喝水。

"再过不久就会水落石出了，警方没那么没用。"晃彦不停地转动脖子以消除疲劳。

"刑警先生好像在怀疑今天到家里来的亲戚。"园子说。

"不可能的。"亚耶子看着女儿，像是故意要说给她听，"犯人用的好像是我们家的十字弓，警方只是想弄清楚十字弓是什么时候被偷的。"

"可是小偷不仅限于从外面进来的人吧？"园子毫不退让，"屋里的人要偷不是更简单？"

"你的意思是哪个亲戚偷的喽？偷了要做什么？阿姨她们可是一步都没踏出这栋房子。"

"也可以偷走之后再交给其他人啊。白天家里来了一大堆阿姨，对吧？"

"园子！"亚耶子呵斥道，"你不要乱说！"

斥责对园子似乎不起作用。她闭上了嘴，微微上扬的纤细下颚却露出反抗的意味。

"不过……还真是厉害。"隔了一会儿,弘昌说道,"居然真有人用那把十字弓杀人。说不定是有人昨天看到了那把十字弓,灵机一动想到的。"

"弘昌……"亚耶子这次却没有出声喝止。

的确就像弘昌所言,凶手可能是昨天看到十字弓,才起了行凶的念头——凶手就在亲戚当中。

美佐子瞄了晃彦一眼。她的丈夫默默地嚼着食物,仿佛没有听到这段对话。

那晚上床后,晃彦依然沉默。他闭着眼睛,但从呼吸的频率可知他还醒着。不管发生什么麻烦,他总是独自思考,在妻子还不知情时就把问题解决了。

美佐子关掉床头灯,向晃彦道晚安,他也用唇语回了一声。

美佐子在一片漆黑中闭上眼睛,却睡不着,今天实在发生了太多事情。一次承受太多打击让人身心俱疲,但这种疲劳感反而令人无法入睡。不过,她睡不着的真正原因却不是正清遇害,或许是因为在那之后出现的那个男人——两名刑警之一。

和仓勇作!

美佐子至今仍深深记得他的名字,恐怕一辈子也忘不了。

美佐子回忆起十多年前的往事,当时她还在念高中。三月中旬,父亲壮介发生意外,住进上原脑神经外科医院。医院里的樱花正含苞待放。她几乎每天放学回家都顺道去医院探望父亲。壮介的身体情况并没有必要时时去探望,但回到空无一人的家里也很无聊,她

67

反而喜欢在四周绿意盎然的红砖医院里散步。

她在院子里总会遇到一位青年。对方身穿黑色学生制服,在树木间信步而行。他的五官有些粗犷,有种忧郁的气质。刚开始,美佐子总是避免和他四目相对,快步错身而过。渐渐地,她开始用眼神向他致意。不久,她便期待与他见面。偶尔一两次不见他的身影,美佐子就会在院内绕圈寻找。

他先向美佐子搭话。两人一如往常地点头致意后,他问美佐子:"你家人住院了?"

美佐子当时好像回答"我父亲住院,但没什么大碍",然后两人找了一张椅子并肩而坐,互相自我介绍。

他说:"我叫和仓勇作,在县立高中读三年级。"那所高中在全县是排前几名的明星学校。

"那你四月之后就是大学生了?"

美佐子一问,他自嘲地笑了。"我也希望如此,但很遗憾,我得重考。我只报了一所大学,落榜了。"

"哦……"美佐子想,自己真是哪壶不开提哪壶。他念的是所好学校,但不见得一定会考上大学。"你家有谁住院了吗?"

美佐子想改变话题。

他摇摇头:"没有。只不过这家医院对我而言是个充满回忆的地方,所以放学后我经常过来。"

"这样啊……什么样的回忆呢?"

"呃……"和仓勇作微微蹙眉,似在思考对复杂的事情该怎么解释才好。

美佐子有些不忍心,便对他说:"如果不方便讲就算了。"

"不是。其实，我很久以前喜欢过一个在这里住院的女人，那时经常到这里来玩。可是那女人后来去世了……"说到这里，他脸上浮现一抹落寞的笑，"嗯，大概就是这么回事。"

美佐子点头。他的话让人摸不着头绪，但她觉得不好进一步深究。更何况，那天是第一次和他说话。

后来，两人几乎天天在医院的院子里碰面。两人有着聊不完的话题。他们对音乐的喜好几乎默契到令人不敢相信的地步。他们互相倾诉未来的梦想，感受到一种以前和朋友聊天时不曾有过的兴奋。美佐子和勇作的家庭都不富裕，他们和一般的高中生一样，从流行及演艺圈的话题聊到了未来。

"我明年一定会考上！"毕业典礼结束后，勇作高举双臂说。他右手握着装有毕业证书的圆筒。

"你明年还考统和医科大学吗？"美佐子问。

"当然！"他断然道。美佐子已从勇作口中得知，他梦想成为医生。

大概是因为美佐子那段时间心情很好，母亲波江和同学都有所察觉。亲近的好友更是观察入微，揶揄道："你是不是交了男朋友呀？"美佐子笑着否认，但"男朋友"三个字却带给她一种新鲜感。

美佐子的父亲出院后，她与勇作就进入了常见的约会模式，在附近的公园散散步，或到咖啡店坐坐，有时去逛逛街、看看电影。勇作是重考生，应该没空玩，但三日不见美佐子他就万分思念。

勇作常常打电话到美佐子家，她父母不久就知道了两人在交往。美佐子邀他到家里来过一次，介绍给波江。波江对他的印象似乎不坏，因为他学医的理想掩盖了复读生这个缺憾。勇作的父亲是警官，也令波江放心。

"你们要适可而止。"勇作回家之后，波江叮咛美佐子。

在那之后，两人的关系依旧进展顺利。夏天时，他们去了海边游泳。那天,时间有点晚了,勇作送美佐子回家。路经一个小公园时，美佐子看到勇作停了下来，也跟着站定。她有种预感。果然，勇作吻上了她的唇。美佐子感觉像在做梦，却还是想着"手腕被他抓得好痛"之类的现实。这是个值得纪念的初吻。

两人在甜蜜中度过夏日。秋去冬来，圣诞节那天，美佐子提议两人暂时不要见面。

"我希望你集中精神准备考试嘛。"她说。

"你别看不起我，我才不会连续落榜两次。"

话虽如此，勇作还是答应了。

美佐子丝毫不担心勇作会考不上大学，反而是自己不久就要升入高三，该将心神放在考试上。她坚信勇作一定能够考上统和医科大学。

然而，这世上就是有种令人难以置信的霉运，正好让当时的勇作遇上了。

考试那天早上，父亲因为脑溢血倒下了，昏睡了几个小时，勇作始终在厨房里守护，直到医生到来。勇作认为不动父亲比较安全，他的处理方式是正确的。

他父亲是因高血压而昏倒的，据说是轻微的脑溢血，但醒来后，身体的右半边几乎瘫痪，话也说不清楚了。这件事使勇作失去了第二次应考的机会。

"人生真是讽刺啊！"这场风波平静后，美佐子和他见了面，当时他皱着眉这么说道,"我希望进入医学系念脑外科,没想到却因为父亲脑溢血,这个梦想就破碎了。"

"你可以明年再考呀。"美佐子说,"因为这点小事就垂头丧气,真不像你。"

勇作定定地盯着她的脸,苦笑道:"居然沦落到要你替我加油打气。不过,你不用担心。我不会就此一蹶不振。只不过,我不能再像去年那样逍遥了。毕竟,我父亲几乎不可能再回去工作了。"

勇作的母亲已不在了,只能由他照顾父亲。

"我能帮上忙就好了。"

"放心,我会想办法。你今年也要忙着准备考试,不用担心我。"勇作开朗地说,然后补上一句,"谢谢你。"

但实际上,勇作无计可施。他从四月起开始打工,过着白天工作晚上念书的生活,此外还得抽空照顾父亲,忙得连和美佐子见面的时间都没有。虽然他会在周末夜里打电话给美佐子,但从话筒中传来的声音明显比以前缺少精神。每当美佐子问"你很累吗",勇作就会回答"有一点"。以前他绝不会承认自己很累。

到了夏天,两人相隔很久再次相见时,美佐子差点认不出他来。他晒得比体育社团的成员还黑,瘦了好几圈。或许因为睡眠不足,他双眼通红。

两人在百货公司顶楼的一个小游乐场碰面,坐在椅子上看着许多孩子玩耍,舔着冰激凌。

"书念得如何?"他问。

"念是念了,但不知道会怎样。"

"美佐子一定没问题。"勇作中气十足地说道,盯着她的眼睛,

71

"加油！"

"嗯，我会的，我们要一起加油哦！"

他闻声应道"好"，然后将目光转向在玩耍的孩子。

美佐子事后才意识到他的想法，他当时来见美佐子，肯定已下定决心，却只字未提，这当然是为她着想。

次年三月，他说出了心中的想法。当时两人见面，是因为美佐子想告诉勇作，她考上了理想中的大学。约会的地点是两人第一次邂逅的地方——红砖医院。

"恭喜你。"他第一句话就是祝贺她考上。

"谢谢，接下来就等你发榜了。后天吗？"

美佐子说完，勇作低下头，再抬起来看她。"其实，已经发榜了。"

"咦？"她侧首不解，心中闪过一丝莫名的不安。

"我四月要去念警校，我要当警察。"

"警察……"美佐子复诵一遍却不解其意。她一心以为，勇作报考了统和医科大学，正在等发榜结果。

"我没有要骗你的意思，只是认为不能影响你考试，才瞒到现在。"

"你什么……时候决定的？"

"去年，考试是在秋天。我父亲变成那样，我只好去工作。我也想不到其他工作。"

"你好过分，至少要跟我商量呀……"美佐子心中涌上一股热流，泪水夺眶而出，勇作的脸渐渐模糊。

"对不起，我不想影响你的心情。"

美佐子摇摇头："本以为我们可以一起上大学的。"

"是啊，我也想。"勇作稍顿后又道，"今后我们要分道扬镳了。"

美佐子惊讶地看着他。"你的意思是,我们不要再见面了?"

"是不能再见面了。"勇作点点头,"我必须受训很久,才能成为独当一面的警察,得住在宿舍里好几个月。而且……我们将生活在两个截然不同的世界。"

"我不!我不想离开你!"美佐子握住勇作的手。

他目不转睛地盯着她的手,说:"要不要走一走?"

两人离开医院,在附近散步,经过公园、商店街,来到堤防。一路上美佐子一直握着勇作的手,生怕一放手,他将就此离去,永不回头。她眼含泪水,擦身而过的人纷纷回头侧目。勇作却似乎毫不在意路人的目光。

不知不觉间,两人来到勇作家门前。勇作回头对美佐子说:"今天我爸不在家。他去了一个亲戚家,那亲戚在我读警校期间会照顾我。"

他强调道:"现在家里没人。"

美佐子明白他的意思,问道:"我可以进去吗?"

"家里很乱……"他回答。

美佐子第一次到他家。勇作的房里有他的味道,书桌、书柜、音响和海报等摆设都和一般学生的房间没两样,然而,他却得踏上另一条道路。

"喝点什么?"勇作问。

"不用了。"

"那我去拿苹果。"

美佐子对着要起身的勇作说:"不要走。拜托你待在我身边。"

勇作咬住嘴唇,好像在忍耐着什么,然后看着美佐子,慢慢搂住她的肩。

73

放开美佐子，他从壁橱里拿出被子，让她躺在上面，熄灯拉上窗帘，房里依旧有充足的光线。美佐子看到勇作开始脱衣服。她用被子蒙住头，脱掉裙子和衬衫，褪下丝袜。

不久，他钻进被子，几乎一丝不挂。美佐子抚摸着他弹性十足的身体，心想，如果能这样迎来世界末日该多好。

花了比想象中更久的时间，勇作才顺利地进入了。他浑身是汗，美佐子痛得差点晕过去。

"对不起，很痛吧？"他问。

"有一点。"

"可是……这是第一次，也是最后一次吧？"

"嗯。这是第一次……也是最后一次了。"

美佐子又哭了。

勇作再次抱紧她，说道："我希望你明白，这是为了我们俩好。"

四月五日，在大学入学典礼结束后，美佐子直接前往勇作家。那天也是他成行的日子，她想见他最后一面。

然而，和仓家空无一人，大门深锁，木板套窗紧闭。

美佐子从他家走到红砖医院，坐在和他约会时坐过的椅子上，双眼含泪。

美佐子在漆黑的房里想，那是她第一次，也是最后一次的恋情。她不曾对丈夫晃彦有过那样的情感。即使是此刻，她只要一想起白天见到的和仓，心里就悸动不已。

美佐子带那名叫织田的警察与和仓到客厅。主要发问者是织田。和仓与他的年龄相去不远，地位却有高低之分。看来，没有大学学历对和仓的升迁还是产生了影响。

问话的内容是关于从今早起进出家里的人、十字弓，以及不知是否和这起命案相关的线索。美佐子一边竭尽所能地回答，一边用眼角余光捕捉和仓的身影。

说不定调查期间还有机会见到他。

这个想象令她心旌摇荡。她就像发现了遗忘已久的宝物一般，心情澎湃激昂。不过，她还是意识到，自己必须按捺这份激动的心情。

美佐子翻了个身，面向晃彦，他宽阔的背影就在眼前。

和这个男人结婚，在我的人生中有什么意义呢？他什么也不告诉我，有心事也不对我说，大概认为只要让我过着安稳的日子，我就会满足吧。他或许永远不会了解，我不单单想守着家庭，也希望在人情世事上助他一臂之力。

美佐子脑海中浮现出白天的情景——那个从后门离去的人影。

仅仅只是一瞥，她不敢肯定，但……那个背影难道不是晃彦吗？

美佐子还没有将这件事告诉警察。

5

当晚，岛津警局里正式成立专案组。许久不曾有命案发生，而且这次的被害人并非泛泛之辈。对岛津警局而言，恐怕称得上有史以来最重大的一起案件。陆续拥至警局门前的记者也证明了这起命案非比寻常。晚上七点将由局长召开记者会，向他们正式发布命案的相关信息。

专案组组长由局长担任,实际握有指挥权的却是身为主任搜查官的县警总部搜查一科的绀野警视。绀野成立了一个由西方警部负责,由搜查一科的人组成的十人小组。他们是负责本案今后侦查任务的核心人物,另有机动搜查队、岛津警局的刑事科员以及防犯人员等警力协助。

主要成员齐聚会议室后,西方站起来大略说明命案情况。勇作靠在后面的墙上听着,事实上对此他已经非常清楚。

"据说被害者习惯在每周那个时间到那个地方去,知道这点的凶手很可能在那里埋伏。不过,报纸曾经报道过此事,所以很难用这个线索锁定嫌疑人。"西方警部说起话来声如洪钟,但从他身上却感觉不到面对重大命案时的压迫感,这和一旁盛气凌人的局长简直有天壤之别。

"至于犯案的弓——"西方说,"目前还没找到十字弓,尚未经过确认,但那应该是凶器。"

"箭上找到指纹了吗?"坐在中间的一个刑警问。

"没有,被擦得一干二净。"

会议室里出现一阵小小的骚动。

"被害者的死因不是大量出血或心脏病发,而是中毒。箭上是否涂了毒药?"另一名刑警发问。

"关于这点,我们从十字弓的持有者瓜生直明身边的人那里了解了详情。"

西方命令一名叫福井的刑警汇报获取的信息。福井长了一张娃娃脸,身材却异常魁梧。"那个人是目前担任 UR 电产常务董事的松村显治。他说,因得知瓜生在收藏艺术品和奇珍异宝,去年年底有一个从西德回国的男员工,将那把十字弓当作礼物送给了瓜生。"

"那名员工目前在西德,我们正试着联系。"西方从旁补上一句。

"关于那把十字弓,"福井接着说,"据说上了弦,十分合用,还装有瞄准器。"

"外行人能用吗?"绀野警视问。

"据说要架弓不难,但命中率如何,没有使用过,所以不清楚。"

"莫非凶手是擅长使用那类武器的人?"警视自言自语道。

"不,我认为未必如此。"西方说,"经过现场调查,我们认为,凶手瞄准的位置在须贝身后十几米处。那么近的距离,只要用某种方法固定十字弓,就算是第一次使用的人,要击中目标应该也不太困难。"

"哦。可怎么固定呢?"

"凶手躲在围住墓地的水泥墙外。墙高一米多一点,将十字弓放在上面应该很稳当。"这一点似乎已经过讨论,西方自信地回答。

绀野警视一副"可以接受"的样子,于是福井继续报告:"关于箭,松村知道上面喂了毒。他说,箭上并不是涂了毒药,而是装设了一种看不出来的机关。"

"机关的部分稍后由鉴识科报告。"西方说。

"毒的种类是什么?"勇作的上司刑事科长问。

"好像是 curare。"福井回答。

这个陌生的毒药名让室内再度骚动起来。

福井说:"这是一种从几种藤蔓植物中提取的植物毒,为亚马孙流域的原住民使用。听说现在部落的男子仍在私下制作。curare 在部落语中意谓着'杀鸟',专指箭毒。要是被喂了这种毒的箭射中,感觉到疼痛后不久，就会因肌肉弛缓而动弹不得，然后呼吸麻痹而死。想不到这种东西居然能流入日本。"

"那种箭有好几支？"岛津警局的资深刑警举手发问。

"原本放在柜子里的两支不见了。凶手有一次失败的机会。"

凶手大概认为，从距离目标十多米的地方击发两支箭，总有一支会命中。若无此保证，凶手或许就不会下定决心作案。

接着由鉴识人员说明箭的构造。负责的科员高举一个塑料袋，里面装有案犯行凶用的箭。

"请仔细看这支箭。前端部分和一般的箭不同。"鉴识科员将塑料袋递给绀野警视。

警视盯着塑料袋，然后说："前端有洞。"

"一毫米左右的洞。事实上，那就是机关。"鉴识科员手持报告书走到黑板前，用粗糙的线条画出箭的断面，"箭尖约四厘米，前端一厘米左右呈圆锥形，当然最前端是尖的。剩下的三厘米塞进管状轴。另外，箭尖中空，能装进毒药。"

"将它射出去会怎样？"一名刑警问。

"射出去的一瞬间，箭尖里的毒药会被挤压至后方，而命中目标时，箭突然停止运动，毒药由反作用力挤出，从前端的小洞进入猎物体内。总之，这就像是一支会飞的针筒。"

"哦，原来如此。"众人异口同声地表示佩服。

"真了不起。"警视说，"这也是亚马孙原住民的智慧？"

"应该不是。一般说到箭毒，虽然没有问过专家，不能断定，但我想应该只是在前端喂了毒。"

"嗯，不过，这真是个不得了的机关。"

"所以凶手认为,只要射中须贝先生身体的某个部位就行。"西方说。

对凶器的说明告一段落,随即报告须贝正清的妻子行惠和儿子俊和的证言,以及在UR电产询问所得等。就结论而言,目前还没有获得值得特别一提的信息。

"不过,有一点需要注意。"西方的目光扫过众人,有些故弄玄虚地说,"就是须贝昨天的行踪。他白天离开过公司,去了瓜生家。"

这是勇作和织田向瓜生美佐子问来的情报。据她表示,尾藤高久中午前也去了瓜生家。西方也提到了这点。

"分别向尾藤高久、瓜生亚耶子询问经过,他们表示须贝说他想看直明拥有的书,才带他到书房隔壁的书库。可是,有价值的藏书几乎都已经卖给旧书商,须贝想要的书还在不在是一大疑问。此外,还有几个疑点,我们打算继续调查。"西方语带玄机地结束了这段话。

接着,宣布今后大致的侦查方针。明天将继续到命案现场搜集线索,然而,没人保证能获得多少有用的信息。由局长在第一线指挥的刑警也没有打听出什么重大线索,无功而返。

至于杀人动机,目前还没有发现任何线索指明须贝正清与人结怨。不过强硬的个性似乎也影响了他的管理模式,如果深入调查,很可能会发现什么蛛丝马迹。因为被害者是企业家,当然必须调查遗产的流向。

另外,须贝曾借钱给几个亲戚,肯定有人希望他死。至于他有没有投保寿险,目前还不清楚。明天将正式展开从各方面探究案情的行动。警方将分头从须贝工作和私生活两个方向着手侦查,特别是彻查今天进出瓜生家的人。

"请尽可能努力确认每个人零碎时间的不在场证明。除了犯罪时间,也不要忘记调查凶手或共犯从瓜生家偷出十字弓的时机。"西方以强硬的口吻叮咛。

就今天获取的消息而言,凶手绝对是瓜生家或须贝家亲近的人。他大概想找出证言间些许的不一致之处,一鼓作气破获此案。

众人接着针对细节交换意见,然后分配各人负责的工作。

勇作和织田明天的任务是去见瓜生晃彦。

6

零点过后,勇作总算回到了公寓。

他打开灯,到厨房喝了杯水,然后拿着杯子到铺着被子的床边扑通坐下。枕边放了一个喝剩一半的威士忌角瓶。他将酒咕嘟咕嘟地倒进杯子,威士忌独特的香气扑面而来,他的精神稍微为之一振。

他灌了一大口酒,吐出一口气,然后转为一声长长的叹息。看来将有很久不得闲了。

什么鬼命案!勇作盯着墙上的污渍低喃道。他觉得这起命案简直就是老天用来折磨自己的考验。想起瓜生晃彦,对他而言绝对不是一件快乐的事。

还有美佐子!勇作真想诅咒自己的人生,这到底是怎样的一段因缘?没想到自己唯一真心爱过的女子——美佐子,竟偏偏成了瓜生晃彦的妻子。

勇作摇了摇玻璃酒杯，凝视杯中晃动的琥珀色液体，那儿映出十多年前的棕黑色记忆。

父亲倒下是这一连串悲剧的开始。好不容易到了考试当天，勇作却待在医院无法去考场。父亲恢复意识后，一脸遗憾地问勇作，为什么不丢下他去考试？勇作办不到，而且在那种情况下，就算他去应考也不会有好成绩。

当时，他还没有放弃任何事情，打算来年再次挑战。然而，父亲的身体比想象中更糟，家里没有收入，债务日渐增加，在这种情况下还想当医生完全不切实际。勇作烦恼了三个多月，下了决心：不管怎样，自己的首要义务是确保安稳的生活。他没有找美佐子商量。若带给她新的困扰，他一定会后悔。

勇作选择当警察，是因为听说警察的收入比一般公务员更高。当然，父亲的警察身份，也影响了他做这个决定。如果不能当医生，他脑中马上就浮现出这个职业。

他一得知考试合格，将于四月进入警校，就下定决心要与美佐子分手。他认为，两人再交往下去，只会为彼此带来痛苦。毕竟他背负着照顾不能工作的父亲的责任，和美佐子迟早必须分手的事实就摆在眼前。他也思考过和她携手共赴未来，但想到自己今后的人生，他不想将她牵扯进来。

勇作仍清晰地记得最后一次和美佐子见面的情景。她白皙的肌肤，柔软的触感，她的体温和气息，以及勇作笨手笨脚地进入时，她微蹙柳眉的表情。时至今日，他一直将这些回忆视作珍宝。

勇作不后悔与她分手，他认为那是当时最好的选择。

勇作当上警察，接受正式分配的两年后，父亲因再次脑溢血而去世。即使如此，勇作为自己至少在父亲去世前已尽全力而欣慰。

勇作不时会想起她，有时甚至想去见她，但终究没那么做。进入四年制大学英文系就读的她，应该已建立起属于她的生活方式。自己再次出现，也只会为她带去困扰。

勇作也想过要成家，上司他们也曾为自己牵过红线，他却裹足不前。他总会将美佐子的影子投射在对方身上，怎么也无法忽视这种落差。他最近开始想，自己说不定一辈子无法结婚了。

今天，他和美佐子不期而遇。她身上依旧留着少女的影子，但已经散发出成熟女性的魅力。听取案情时，勇作始终直视着她的眼睛，她不时将目光投向他。每当两人四目相对，勇作就兴奋得全身打战。

但万万没想到，她居然和那个男人结了婚……勇作对于她结婚一事丝毫不感意外，但她偏偏嫁给了瓜生晃彦。勇作心中浮现出"造物弄人"这个老掉牙的词汇。

难道在调查期间，我必须将她视为宿敌的妻子对待吗？

"我被诅咒了。"

勇作呻吟般低语，将剩下的威士忌一饮而尽。

第三章　重逢

1

"你今天尽量别外出。"命案发生的次日早上，美佐子在门口送晃彦去上班时，晃彦坐在车里对她说道。

"我知道，反正我也没事要出门。"

"还有，我想刑警会到家里来。不管他们问什么，你都不要草率回答。如果他们的问题不清不楚，你就一概回答'不知道'。"

"我会的。"美佐子对着车里的丈夫点头。

不知是否因为昨晚没怎么睡，晃彦的眼睛有点充血。

"我走了。"晃彦关上车窗，发动引擎。他好像对什么感到不安，一面转方向盘，一面担心地回望。

美佐子微微举起手。

不久，引擎声变大，汽车排出废气开始加速，车尾灯渐渐远去。

美佐子目送丈夫离去，心中百感交集。

昨天白天的事情……她到底开不了口。

早餐时，她好几次都想问晃彦："昨天上午，我好像在厨房后门附近看到你的背影，那是你吗？"但终究问不出口。尽管她想若无其事地发问，但话到嘴边，又咽了回去。而且她害怕若是询问，晃彦会翻脸。

美佐子暗骂自己是胆小鬼。如果真的相信丈夫，就算目击了什么，也不该怀疑，只要静静地等待晃彦告诉自己就行了；若不相信丈夫，就该把心一横开口追问，而不是一味地怀疑对方，却继续以夫妻的身份生活。不管选择问还是不问，当丈夫说出令人害怕的事时，自己都该努力了解他的想法，尽可能让情况好转。如果丈夫犯了罪，或许劝他自首也是自己的义务。可是我……

美佐子认为自己只是害怕。她之所以保持沉默，并不是相信晃彦，而只是想推迟精神上的打击。不过，自己究竟在害怕什么呢？

遗憾的是，美佐子认为自己害怕的既不是失去晃彦，也不是知道他遇到的难题，而是若晃彦以杀人犯的身份被捕时，各种降临到自己身上的灾难。如果现今的生活能获得保障，她完全没有自信敢说，晃彦被捕时自己会有多悲伤。

"我终究不配当晃彦的妻子。"美佐子只能下此结论。

不过，那个背影果真是他吗？美佐子再次回想昨天看到的人影。当时只是惊鸿一瞥，不敢确定就是晃彦。但那一瞬间，她心里确实在想，为什么晃彦会出现在这里？瞬间的直觉经常出乎意料的准确。

她想，如果那道人影真是晃彦，自己就必须做好心理准备：他可能以某种形式涉案。除非有隐情，否则他应该不会从厨房后门进出，以防被家人发现。

假使晃彦是凶手，动机何在呢？美佐子昨天躺在床上时一直思考着这个问题。公司因素，还是亲戚间的问题？但没过几分钟，美佐子就意识到这是白费力气。自己对晃彦几乎一无所知，根本无从分析他的行动。

美佐子放弃了推理，心中却萌生了一个念头——如果是他犯的案，而且真相大白了，或许就能弄清许多她至今不了解的事情，甚至包括那条命运之绳……

这个念头攫获了她的心。她从未这么想过，因而立刻像要甩掉邪念般摇摇头。她害怕自己的理智会被这一时的想法击倒，哪怕只是脑中闪过一丝希望晃彦被捕的念头。

然而，即使距事发已有一晚，这个想法仍留在脑海的某个角落，挥之不去。或许自己会因为这起命案失去很多东西，但也许能知道什么重大内情。

美佐子和昨夜一样微微摇头。她又深呼一口气，准备回别馆——

"少夫人。"

身后传来唤她的声音。回头一看，一个身材不高、体格健壮的男人朝她走来，身边还跟了一个脸色不佳的男人。这两人昨天没见过，但美佐子觉得应该是警察。果然不出所料，身材不高的男人拿出黑色的证件，报上姓名。他是县警总部的西方警部。

"我们想更仔细地看一下书房，不知现在有人在主屋吗？"西方的口气很温和。

"有，我想今天大家都在。"

美佐子带两名刑警去主屋。一进玄关，美佐子要他们稍等，进屋去叫亚耶子。亚耶子刚化完妆。

"是吗？来得挺早的嘛。"美佐子告知警察来访，亚耶子对着镜子蹙眉。

"他们说想再看一次书房。"

"又要看？真拿他们没办法。"亚耶子确认口红已经涂好，叹了口气。

两人走到玄关时，看到警察们打开鞋柜，毫不客气地往里瞧，就连她们的脚步声也不理会。美佐子为他们放好拖鞋，他们才总算关上鞋柜的门，边打招呼边脱鞋。

美佐子打算离开，便穿上凉鞋。这时，西方警部却看着她的脚边，举手示意道："不好意思，请你稍微抬一下脚。"

美佐子往后退了一步。地板上粘着一张像白色小纸片的东西。西方用戴了手套的手慎重地捡起，说："好像是花瓣。"

"今天早上好像还没打扫。"客人指出玄关不干净，亚耶子为此辩解。

然而，西方似乎对花瓣很感兴趣，看着装饰在凸窗上的紫色番红花，问道："这花是什么时候插在这里的？"

"大约三天前。"亚耶子不安地回答。

"哦。"西方若有所思地盯着手中的白色花瓣，然后一改之前温和的态度，一脸严肃地问，"去看书房前，能否先让我提几个问题？"

2

勇作站在统和医科大学门前时，一股莫名的感慨在心中荡漾。从前好几次想进入这道门，却总是被命运女神拒绝。当时，他绝未想到，十几年后自己竟以这种形式进去。

勇作无法准确想起，自己是从什么时候开始想当医生的。初中毕业的时候，他就已确立人生目标，所以这一念头应该在那之前就已萌芽。

他有这样的梦想绝对受到了红砖医院的影响。从念小学起，每当他要思考问题，或有事犹豫不决时，就会到红砖医院的院子中散步。渐渐地，他开始对医院感兴趣，憧憬医生精神抖擞、大步向前的身影。

除了这个单纯的憧憬，还有一个理由，就是跻身上层社会。勇作家称不上富裕，想一口气升至上流阶层，当医生无疑是一条切实可行的路。

当勇作说出这个梦想的时候，父亲眼中闪烁着光芒。他说："别放弃这个梦想！你一定要当上医生！而且不是半吊子的医生，是了不起的医学博士。你要拿到诺贝尔奖，让我高兴高兴。"

父亲死后，勇作才知道父亲也曾经想成为医生。他在父亲的旧书柜中发现了几本医学书。

然而，勇作的梦想没有实现，讽刺的是他走上了和父亲完全相同的道路。

今天，他以一个警察的身份来到统和医科大学，看到这里的学生个个昂首阔步，心里有一种苦涩的滋味。

"你在发什么愣？"织田对他说。这个男人身材魁梧，说话时经常给人一种压迫感。勇作常想，他大概从小就想当警察。

勇作应了声"没什么"，加快了脚步。

统和医科大学占地广阔，最高不过四层楼的校舍，其间的距离都较远，给人一种相当宽敞舒适的印象。这所大学历史悠久，校园中有好几栋称为博物馆也不为过的建筑。

勇作他们要前往的校舍距离学生来往的干道相当远。那果然是一栋相当古老的建筑物，藤蔓像一张网般攀附在墙上。

织田毫不迟疑地走进那栋建筑，勇作跟在他身后上楼。织田今天早上打电话约时间时，好像顺便问了教室的准确位置。

上了二楼，织田在第三教室门前停下脚步。门前贴了一小张时间表，上头并列着五个名字，以磁铁表示每人所在的位置。瓜生晃彦的名字在表格最上面，红色的磁铁放在"研究室内"的格子里，其他人好像都在别处。

织田瞄了一眼手表，点了点头，然后敲门。马上有人应声，传来渐渐走近的脚步声。勇作紧张得握紧双拳。

大门打开，出现了一个身穿白袍的男人。勇作看着那张脸——正是瓜生晃彦。他的脸孔变得成熟了，和年龄相符，但浓眉和细瘦坚挺的鼻子一如往日。

织田报上姓名，低头说道："不好意思，今天在你百忙之中前来打扰。"

"没有关系。请进，不过里面很乱……"晃彦敞开大门，招呼两人入内，但当他看到躲在织田背后的勇作时，话音突然中断。

"和仓……"晃彦脱口说道。

勇作感到一种莫名的心安，原来他还记得我。

"很久不见。"勇作礼貌地低头行礼。

晃彦看在眼里，应该会觉得勇作气色不好，而且比以前瘦了一大圈。

"你们认识？"织田一脸吃惊地问勇作。

"是，有点交情，他是我以前的同学……你好吗？"晃彦说道。

"还不错。"

"原来你做了警察。"晃彦上下打量勇作，露出理解的表情，点了点头。

"这几年发生了很多事情。"

"感觉得出来，先进来再说。"

晃彦带他们来到一套待客用的简陋沙发前。

勇作环顾室内，窗边摆放着四张桌子，大概是学生使用的。房间另一头有一面屏风，对面似乎是助教——晃彦使用的空间。

三人面对面坐下，织田递上名片。

"唔，你是……刑事部搜查一科的警部补啊。"晃彦看着名片低声说。

"这位是我们辖区岛津警局的和仓巡查部长。"织田格外详细地介绍勇作。

"哦。"晃彦点头，眼神似在思考两名刑警头衔的差异。

勇作低下头，咬紧牙根。如果能解释，他很想告诉晃彦，高中毕业进入警校后，自己是多么努力才爬到今天的位子。

"真巧，没想到老师跟和仓以前竟然是同学。"

"是啊。"晃彦回答。

勇作低着头打开记事本。

"我们因为工作的关系见过很多人，但很少遇到熟人。好，请你们改天再好好叙旧，可以进入正题吗？"织田婉转地问。

"嗯，请说。"

89

"不好意思。那么，这件事情我想你应该知道——"织田大致说明案情后，问了几个关于十字弓的问题，以确认瓜生直明如何得到十字弓，又从何时起保管在书房里。晃彦的回答几乎和调查结果一致。

"包括那把十字弓在内的收藏品，都是在七七的晚上公之于众的吗？"

"正是。"

"有没有人在当时或之后对那把弓表现出浓厚的兴趣，像提出命中率高低或能否杀人之类的问题？"

晃彦微微皱起眉头。"这话听起来很吓人。"

"不好意思，因为发生了吓人的事情。"织田微微低头。

"据我所知，没有。"晃彦回答，"毕竟，亲戚们感兴趣的仅限于有价值的艺术品。"

"的确，撇开遗产价值不谈，比起毫不起眼的武器收藏品，众人的兴趣集中在美丽的画作上也是理所当然的。"织田顺着他的话说道。

"不，请不用作那种善意的解释。"晃彦用一种稍嫌冷酷的语调说，"虽然我无意说亲戚的坏话，但他们的欲望之深，不可等闲视之。"

"哦？"织田微微探身向前，"听你这么一说，遇害的须贝先生的财产似乎也不可小觑。这次发生命案之后，也会出现他的财产继承人吧？"

"老实说，应该会有很多人暗自窃喜。"晃彦面不改色，用极为公事化的口吻说道，"财产继承人是他太太和三个孩子，说不定太太的娘家和两个女儿的婆家都开始考虑钱的用途了。亲戚中也有人因为投资失败而焦头烂额。对那种人而言，这次财产继承就像一记逆转满贯全垒打一样，对吧？当然，我也不能因为这样就说他们对须贝先生怎么了。警方应该调查过这种事情了吧？"

"不，这方面还没调查清楚。"织田慌张地搔搔鼻翼，"提到继承，你有没有想到其他事情？你是瓜生前社长的儿子，应该听过许多和须贝先生相关的事情。"

"很遗憾，没有。"晃彦毫不客气地回答，"如果我有意继承公司，父亲会告诉我许多事情，但如你所见，我进入了另一个领域，所以并不知道他的事。"

"大概是吧。"织田遗憾地点头，然后挤出笑容说，"对了，用来行凶的十字弓是从府上偷出来的，这点应该不会错。我们有件事想向所有知道这把弓的人确认……"

"不在场证明？"织田说话吞吞吐吐，晃彦似乎察觉到他想说什么，开门见山地问。

"正是。可以告诉我，昨天中午十二点到下午一点之间，你在哪里吗？这只是例行公事，只要没有疑点，就不会给你添麻烦，我们也不会告诉其他人。"

"告诉也无妨，请稍等。"晃彦站起身，拿了一本蓝色的记事本回来。

"昨天中午，我在这里吃午饭，叫了大学旁边一家叫'味福'的店的外送套餐。"晃彦说出那家店的电话号码和地址。

织田迅速记录下来，问道："吃午饭时，有谁和你在一起吗？"

"这个嘛，学生进进出出的，我不记得了。"

"有人打电话来吗？"

"没有。"

"你上午去过别的地方吗？"

"没有，我昨天一直待在这里。快要召开学会了，我忙着写论文。"晃彦拉起袖子，低头看了手表一眼，仿佛在说：所以我没有闲工夫和你穷耗。

"吃完午饭后也一直是一个人待着？"

"不，学生一点就回来了。"

"一点？"织田用指尖敲了记事本两下，说，"我知道了，谢谢你在百忙之中接受我们的询问。"他倏地起身。

"希望能对你们的调查有帮助。"

晃彦正要站起，勇作开口了："我曾在一本杂志上看过，UR电产自从创业以来，内部一直有两个派系对立——瓜生派和须贝派。报道写得很有趣，说两边都想找机会并吞对方，实际如何呢？还有，请问现在的情况又是怎样？"

听此一问，晃彦重新端正地坐好。织田没有坐下，勇作看不到他的表情，但想象得出。

"对立目前仍然存在。"大概是因为勇作用词恭敬，晃彦也学他的语调回答，"不过，这种情形也即将成为历史，毕竟瓜生派后继无人。如此一来，两派也就没有斗争的余地了。"

"不过，两家共同经历过风风雨雨，你们之间有没有感情上的纠葛？"勇作把心一横，说出自己的想法。

晃彦扬了一下眉毛。勇作听见头上传来织田的干咳声。

"就让我姑且回答'没那回事'吧，虽然你们可能会不满。"晃彦说完，也不等勇作回答就起身，似乎在表示内心的不悦。

勇作也无意再问下去。他站起身，和织田对上了眼，看见他一脸咬牙切齿的表情。

晃彦为他们开门，织田说声"不好意思"，先行出去。勇作接着从晃彦面前走过。

"后会有期。"晃彦对他说。

勇作默默行了一礼。

"你可能因为和他是同学，所以讲话毫不客气，但你这样擅自发问，会给我造成困扰。"离开研究室走在走廊上时，织田恼火地说，"他可不是省油的灯，今后可能还会常和他碰面。要是你一开始就惹火对方，接下来可就棘手了。"

"他不是为那点小事就发火的人。"勇作回答。

"原来你是在测试你俩有多熟？既然你们那么熟，就该事先知会我一声。被你突然那么一说，我阵脚都乱了。"

"我原本以为他不记得我了。"

两人来到刚才上楼时走过的楼梯，织田却不下楼，停下脚步靠在墙上。勇作马上会意，和他并肩而立。

四周寂静无声，空气中混杂着各种药品的气味，仿佛渗入了墙中。勇作想，这就是医学系的空气啊。他闭上眼睛，做了两次深呼吸。这里是瓜生晃彦的世界，和自己的所在完全不同。不管水、空气还是人，都不同。

勇作回想起刚才两人相见的情景。多年不见的宿敌身上，有些东西一如往昔，有些东西却和以前判若云泥。

勇作想，晃彦怎么看待自己呢？他说"你做了警察"时，眼中

93

不带一丝轻蔑的光芒。勇作对此也不意外。晃彦仿佛在说：原来也有这种可能啊。

"对他而言，我算什么呢？"勇作在心中低喃时，一个像是学生的年轻男子走上楼梯，戴着金框眼镜的稚嫩脸庞和身上的白袍很不协调。男子狐疑地瞥了他们一眼，往走廊那头走去。织田跟上他，勇作也追了过去。

织田拍拍那人的肩，那人惊讶地回过头来，眼中浮现惊恐的神色。织田亮出证件，指着瓜生晃彦所在的研究室问："你是那间研究室的学生？"

年轻男子的嘴巴一开一阖，似乎打算说"是"。织田抓住他的手腕，来到楼梯间。

学生自称铃木。

"昨天，你在哪里吃的午餐？"织田问。

铃木瞪大了眼睛，回答："学校餐厅。"

"你一个人？"

"不，和研究室的同学一起。"

"瓜生老师没跟你们一起去？"

"没有。我们早上有课，没回研究室就直接去学校餐厅了，星期三都是这样。瓜生老师大概叫了外卖。"

他与瓜生在同一间研究室里做研究，果然很清楚彼此的习惯。

"照你这么说，瓜生老师一个人待在研究室里？大家吃完饭回来是几点？"

"将近一点。我们总会打网球打到那时，那段时间他可能是一个人吧。"

"午休时间没有学生回研究室？"

"我想应该没有。"

"非常感谢。"织田点头道谢。铃木到最后还是一脸狐疑。

"他没有不在场证明。"离开校舍后，勇作说。

"套餐店的店员见过他，有没有不在场证明，要到那里问过店员才知道。"

味福是一家位于大学正门附近的大众餐厅，门口挂着大片的红色暖帘。两人进去一问，店员记得昨天接过瓜生的订单，昨天中午过后要他送套餐到研究室。收下套餐的当然是瓜生本人，餐费也在那时支付了。

"你能准确地想起把套餐送到研究室的时间吗？"织田问。

满脸青春痘的年轻店员稍微想了一下，拍手回答："十二点二十分，不会错的。"

"还真准确。"勇作说。

"嗯。我想老师应该是在十二点左右打电话来。他当时问我，大概几分钟能送到。我回答大概十二点二十分到二十五分，他说他会在研究室，如果不在，就把东西放在门口。我边看手表边跑，到的时候应该是十二点二十分左右。"

勇作想，这要求真奇怪。他试探着问道："瓜生老师经常那么要求吗？"

店员歪着头道："这个嘛，好像很少这么要求。"

"他是不是急着想吃饭？"

"我想应该是不急。如果急的话，他应该会订 A 套餐。"

"A 套餐？"

"套餐分 AB 两种。他问我套餐几分钟能做好，我说 A 套餐的话，十分钟左右应该会好。B 套餐是蒲烧，要稍微花一点时间。老师却说他要 B 套餐。"

"唔……"勇作点点头，心里却有一种无法释怀的感觉。

"那么，当时瓜生老师在研究室里？"织田问。

"是的，所以我直接把套餐交给了他。"

"你几点去拿餐具回来？"

"我想想，应该是两点左右吧。"店员回答。

向店员道谢、走出味福后，勇作说："这称不上不在场证明。从这里到真仙寺的墓地，开车二十分钟左右就到了。从须贝正清去慢跑的时间算起，到达墓地应该是在十二点四十分左右，这样就勉强赶得上了。"

"从数字来看没错，但实际上不可能办到。须贝正清可能比平常更早到达命案现场，凶手最晚得在十二点半到现场埋伏。"织田低声说。

这是再正确不过的意见。然而，刚才那个店员所言却令勇作耿耿于怀。瓜生晃彦确认过套餐送到的时间，还要求店员在没人接收的情况下将套餐放在门口。

勇作想，假设案子是他作的，他之所以确认时间，难道不是要让人以为他十二点二十分在研究室里吗？但如果外卖比约定的时间晚送达，他就只好在接收之前出门。他会不会是想到这一点，才要求店员，如果他不在就将套餐放在门口呢？但应该有更好的方法，制造更明确的不在场证明。

就在勇作疑惑不解时，脑海里响起了店员的话语——"B 套餐是蒲烧,要稍微花一点时间。"

蒲烧?

勇作停下脚步。

织田又走了两三步,也停下来回头看他。"你怎么了?"

"没什么……"勇作摇摇头,仰望高大的织田,说,"不好意思,能不能请您先回警局?我想起有件事情要办。"

织田闻言,将不悦明白地写在脸上。"你一个人偷偷摸摸地想要做什么?"

"我要做的跟这起命案无关。"

"哦?"织田像在嚼口香糖般怪异地蠕动嘴巴,然后用深陷在眼窝里的眼珠俯视勇作,"无关就好,拜托你可别弄到太晚!"

"我知道。"

勇作确定织田消失踪影后,站到马路旁望着车流。一辆黄色的出租车迎面而来,他看清是空车,举手拦下,马上告诉司机去处。

司机将"空车"的牌子换成"载客"。"UR电产的社长家应该是在那一带吧?"

"嗯,前社长的家在那里。"

"到那栋大宅院附近就可以?"

"对。"勇作回答。

3

美佐子从早上回到别馆后就在听音乐、做编织。晃彦要她尽量别外出，而且，一看到陌生的警察肆无忌惮地四处走动，她连到阳台上晾衣服的欲望都没了。

但她也不是对外面发生的事情全然不感兴趣，而是频频从窗户偷看。除了早上到家里来的那两个警察，后来好像又来了两三个，一直没有换人。

美佐子确认过这一点，轻轻呼了一口气，打算继续做编织。

她其实是在找和仓勇作。一想到他等会儿可能会来，她的心就不听控制地往主屋飞去。然而，至今未见他的身影，想必每个警察都有所负责的岗位，今天不会改变了。

美佐子回想起昨天重逢的情景。从勇作身上穿的白衬衫领口，一眼就看得出已有两天没洗，他的无名指上也没戴白金戒指，大概还是单身。

美佐子轻抚脸颊，她认为自己的肌肤还算有弹性，但和十多岁的少女时代终究不可同日而语。在他眼中，自己是个怎样的女人呢？他会从我身上觉出一丝女性的魅力吗？她摇摇头，不知道自己在胡思乱想什么——在他眼中，自己已是别人的妻子，不过是与一桩命案有关的人罢了。

可是，如果能和他好好聊一次天，该有多好。说不定就能像当年一样，沉醉在如梦似幻的气氛当中……美佐子想，自己好几年没尝到那种滋味了。

她出神地想着这些事情时，玄关的门铃响起，吓了她一跳。当时她正打算歇歇手，收听从一点开始播放的古典音乐。说不定是他来了！她急忙接起对讲机的话筒。

"是我。"传来的却是园子的声音。

"哎呀，你怎么来了？"美佐子打开大门，招呼小姑子入内。

"待在家里也没事做，所以来找你玩。"园子回答。她今天向学校请了假，这种时候，亚耶子大概也不想勉强她去上学。"现在来会不会打扰你？"

"不会，进来吧。我去泡茶。"美佐子带园子到客厅，泡了红茶。从客厅可以清楚地看见主屋，透过蕾丝窗帘能看到身穿西装的男子在院子里徘徊。美佐子紧紧拉上厚重的窗帘。

"他们调查得还真久。"

"他们好像要重现每个人的行动。"园子看着饼干盒说道。

"重现？"

"嗯。好像在查昨天到家里的人去过的地方有没有可疑之处，他们好像已确定凶手就在亲戚当中。"

"没办法，因为凶手用了那把十字弓。"

"谁叫爸爸留下那种怪东西。"园子噘着嘴吹着红茶，小口啜饮着，"对了，我刚才听说箭好像一共有三支，在那个木柜最下层又找到了一支。"

"哦。"美佐子点头，心想，园子说的是那支箭。

"你知道这件事吗？"

"嗯。我前天晚上碰巧看到，不过忘了告诉警察。"

"啊。"园子将嘴唇抵在茶杯上，露出略有深意的眼神，"警方也问了你什么吗？"

"嗯，一些关于不在场证明的事。"

"不在场证明……"

美佐子想起了西方警部今早提的问题。

在玄关发现白色花瓣后,他问:"从昨晚到今早这段时间,府上有访客吗?"他听到亚耶子回答"没有",故意停顿一拍,又问:"只有府上的人在,是吗?"

那片白色花瓣意味着什么呢?

美佐子陷入沉思。

园子说:"弘昌哥也被警方问了不在场证明的事。"

"弘昌也被问了?"弘昌今天也没有去学校。

"真不走运,他说他没有不在场证明。他从十二点到一点的午休时间,一直都是自己待着。"

"真的吗?结果怎样?"

"嗯,好像被警方啰里啰唆地问了一大堆。不过我认为,弘昌哥也有间接的不在场证明。"

"什么叫间接的?"

"从弘昌哥念的大学到真仙寺,就算再快也要三十分钟左右的车程。即使他十二点离开大学,也要十二点三十分才能抵达。这样想,他好像来得及作案,但这么一来,他就没有时间回家拿十字弓了。因为在真仙寺和家之间一来一往,也要花个三四十分钟。"

"噢,不错。"美佐子同意园子的说法。命案当天早上,弘昌出门后,十字弓还在家里,如果他是凶手,就必须要有时间回来拿。

"那么,警方基本不会怀疑他了吧?"

"嗯,我想不会。"园子斩钉截铁地说,然后低下头,"不过,被人那样怀疑一定很不舒服。"

美佐子应和了一声。

"美佐子,"园子抬起头说,"你真的什么都没看见?像是有人进入爸爸的书房……"

"我没看见呀。"美佐子立即予以否认。她没撒谎，却一直对脑中某个画面无法释怀，就是那个从厨房后门出去、像是晃彦的背影。但是，又不能将这种事情说出口。

"这样啊。可是……"园子说道，"有人偷走了十字弓，应该没错吧？"

"似乎是的。"

两人又聊了一会儿，园子起身看了一眼时钟，快两点了。刑警们似乎总算收队了，大宅里平静了下来。

园子离去之后没多久，电话铃声响起。电话放在客厅里。美佐子当时正准备继续编织，有点不耐烦地伸手拿起话筒。

"您好，这里是瓜生家。"

隔了一次呼吸的时间，话筒里才传来声音。

"喂，你是……美佐子吗？"

一刹那，美佐子感觉胸口抽痛了一下。

"嗯，我是。"她试图平静地回答，却藏不住心中的激动。

又是一阵短暂的沉默后，对方平静地说："是我，和仓……和仓勇作。"

"嗯。"美佐子心跳加速，似乎不能很快就平静下来。

"你现在……一个人吗？"

"嗯……"

"我在你家附近，等会儿想过去一趟，不知方不方便？"不知道是否刻意而为，勇作的语调非常公事化。

"嗯，可以。"

"那么,请你在后院等我。我希望尽量不让别人看见,所以想从后门进去。到时我会叫你,在那之前,请你和平常一样。"

"那个……"

"什么?"

"你一个人来吗?"美佐子问。

隔了一会儿,话筒中传来微微的呼吸声。"是我一个人。不行吗?"他语气严厉。

"不,我不是那个意思……那么,我等下就去后院。"

放下话筒,美佐子急忙来到卧室,坐在梳妆台前,一面瞄着时钟,一面梳头,又重新涂上口红。她后悔地想,早知道一早就化妆了。她起身照镜子,检查服装仪容,接着又看了一眼时钟。这一连串动作花了约四分钟。

然后,她遵照勇作的指示前往后院。假装在看盆栽时,她听见有人小声地叫"太太"。一看后门,勇作就站在对面。

"我昨天忘了问一件事。其实也没什么大不了,但是能不能占用你一点时间?"勇作大概是怕被别人听见,他的用字遣词是警察面对与案件有关的人时的方式。

"嗯,如果只是一会儿……"美佐子的演技不像他那么高明,但还是装模作样地打开后门。

勇作说声"打扰",走了进来。

前往别馆的路上,两人都不发一语,甚至连眼神都没有相对。美佐子虽然径直前行,心神却集中在身后的脚步声上,和仓勇作就在自己正后方……

从玄关进屋,关上门后,两人这才面对面。

美佐子说"请……",却续不出"进"字。和勇作四目交会的瞬间,她变得全身僵硬。他会不会就这样抱紧自己呢?两人站得很近,勇作的确有可能那么做。

然而,勇作移开了视线,再说声"打扰",然后开始脱鞋,美佐子慌张地为他准备拖鞋。

美佐子带他到园子刚才坐过的椅子,想,还好事先拉上了窗帘。

"喝咖啡好吗?"美佐子正要往厨房走去,勇作眼神真挚地看着她,说:"我什么都不要,你可以留在这里吗?"

他不再像刚才那般语气生硬,于是美佐子和他相对而坐,却没有勇气正视他。尽管想对他倾诉的话无穷无尽,脑海中却想不出只言片语。

不久,他开口说:"昨天真是吓了我一跳。我做梦也没想到,你居然会在这里。"

"我也吓了一跳。"美佐子总算发出了声音,却异常嘶哑。

"你结婚多久了?"

"五年了。"

"五年……已经五年了啊。"勇作闭上双眼,咬紧牙根,感叹岁月的流逝,"有小孩吗?"

美佐子摇摇头。

"哦。"勇作简短地应了一句。

"你呢?单身?"美佐子问。

"嗯。"他回答,"除了没有缘分,主要还是因为我没心情谈感情,今后大概也不会再有那种心情了。"

他缓缓地摇摇头,低下头深呼吸,再度抬起头盯着她的脸。"你在那之后过得如何？和我分手后，成为大学生……"

美佐子将双手放在膝上，十指交握。"我花了好长一段时间才重新振作起来。即使上了大学，我每天心里面还像是空了一个大洞……你呢？"

"我也一直很沮丧。不过，我在警校里过着纪律严明的生活，老实说，根本没空情绪低落。"

"警校的生活很苦吗？"

"简直就是地狱。"勇作的脸上浮现微笑，"和军队一样，什么都管得很严。最初的一个月就有不少人退学。"

"你曾想过放弃吗？"

"想过。不过，我不能放弃。我只剩这条路可走。一想到牺牲了之前拥有的珍贵的东西，我更不能放弃。"勇作看着美佐子的眼睛，"痛苦的时候，我就想起你。虽然我在进入警校之前就决定不再想你，但还是控制不了自己。"

"我……从来没有忘记过你。"美佐子肯定地说，"即使放弃了你，心中还是对你有所期待，想着说不定哪天你会跟我联系。只要邮筒里一有信件，我就期待是你寄来的。可是，这个期待却总是落空。"

"我也曾犹豫要不要跟你联系。"勇作一脸沉痛地说道，"父亲去世时，我刚毕业两年。不过，我不想打扰恢复平静生活的你。"

美佐子蹙眉，摇摇头。"一点都不平静，我每天都过着空虚乏味的生活。"

"就算是这样……"勇作低下头，露出痛苦的表情，"就算是这样，我还是觉得自己做了一个对彼此最好的选择。事实上，和你分手后，我的人生真是一团糟。幸好没有把你卷进来。"

勇作抬起头，环顾室内，像是在确认她目前的生活情形。"对于你已经结婚，我早已做好心理准备，那很自然。你是在……哪里认识瓜生晃彦的？"

"他父亲介绍的。"美佐子简短地告诉他，自己曾在 UR 电产工作，以及因此认识了晃彦。

听到她说"所以我不是恋爱结婚的"，勇作露出一种既难过又放心的表情。"哦，你们不是……"

"坦白说，我也想因恋爱而结婚。"

勇作叹了一口气，用左手搓着脸，自嘲地淡淡一笑。"我昨晚夜不成眠，都在想你。不，应该说是在诅咒命运的作弄。我早已做好你会结婚的心理准备，但没想到对象会是他。"

"你认识我先生吗？"美佐子惊讶地问。

"可不只是认识，"勇作说，"早在遇见你之前，我和他就因为奇妙的缘分连在一起了。不过，这对我绝非好事。真要说的话，他应该是我的……宿敌。"

"宿敌……对手吗？"

"不过，说不定他根本没把我放在眼里。"勇作接着提到第一次遇见晃彦的情形，以及此后两人的关系。的确就像他所说的，那或许该称为奇妙的缘分。

"我在初中时代也赢不了他，只能沦为第二，永远当不了第一，都是因为他。不管在什么方面，我都是他的手下败将。虽然身边的人都佩服我，我却不曾感到满足。最简单的解决之道就是转校，但我没有那么做。后来，我和瓜生报考了同一所高中。因为我不想让这场竞赛在我一败涂地的情况下画上句号。"

"可是,"勇作抓抓头压抑心中的焦躁,"结果还是一样。不管到了哪里,都不改我是他手下败将的事实,只有我内心的屈辱感一再累积。我彻底败给了他,不管做什么都比不上他。我已经放弃了,因为我赢不了他。不过我想,我们终究会就读不同的大学,彼此的竞赛就会告一段落。但升上高三后,我听到了一件犹如晴天霹雳的事——瓜生立志要当医生,决定要考统和医科大学。他的志愿和我的一样,我有一种不祥的预感。我想,这或许会是一次决定性的胜负。果然不出所料,他考取,我落榜,而我正好在那时遇见了你。"

"原来是这样啊……"她也觉得这是命运的作弄。

"遇见你的那所医院也是我第一次遇见他的地方。所以我期待遇见你之后,命运能有所改变。结果你也知道,十多年后重逢时,你已经和瓜生结婚了。虽然我不相信这世上有神存在,但碰上这种讽刺性的际遇,你应该能了解我想找人倾诉的心情吧?"

美佐子一动不动地望着自己的手,什么也答不上来。

勇作对她的反应有些不解,略显慌张地补上一句:"当然,我并不是在恨你。无论你和谁结婚,只要过得幸福就好,我当时的心情不会改变。这和对瓜生的感觉是完全不同层面的问题。"

美佐子对"幸福"两字有些反感,难道勇作觉得她如今过得幸福?但她没表示什么,反而问道:"你现在对我先生依然心存敌意吗?"

"我觉得敌意这个说法并不适当,但是的确想和他算清当年的恩怨。"

"这样啊……"

"其实,我今天去见过他了。"

"我先生?"美佐子扬了一下眉毛。

"不过,倒没什么大不了的事情。他和从前一样,完全没变,依旧冷静过人,即使面对刑警,也能泰然自若地应付。"

"对他而言,那样的场面根本不算什么。"

"似乎是这样。"说完,勇作稍微伸了个懒腰,将脸凑近她,"你……爱他吗?"

美佐子瞪大眼睛凝视旧情人,各种思绪在脑中交错。

"我一定要回答这个问题吗?"美佐子反问。

勇作一脸错愕,接着苦笑了一下。"不,你不想回答就算了。或许你认为这根本无须回答。"

美佐子紧闭双唇。其实她是答不出来,而且害怕一旦将答案说出口,自己将会完全失去控制。

"我来除了想见你,还有一个理由。"勇作稍稍改变口气,"我有事想请教瓜生晃彦夫人,希望你务必如实回答。"

美佐子吞了口口水。她有一种不祥的预感,不禁挺起双肩。"什么事?"

"我想请教一件昨天发生的事。瓜生昨天中午之前是不是回过这间屋子?"

面对勇作的问题,美佐子下意识地屏住呼吸,心脏怦怦乱跳。

勇作敏锐地察觉到她的细微变化。"他果然回来过?"

"不。"美佐子摇头,"我没看到,他应该一直都在大学。"她知道自己的声音在颤抖,心想,自己的演技真是太差了。

他静静地以锐利的眼神看着她,试图窥探她的内心。"他应该回来过,"他低声说,"回来拿十字弓,然后拿着弓先回大学一趟,再到墓地去杀害须贝正清。"

"你为什么要怀疑他？"

"直觉，我的第六感对他特别敏锐。"勇作用食指轻轻戳着太阳穴一带，"他从这里回大学的路上，打电话给大学附近的套餐店，要那里的店员送外卖到他的研究室，以取得不在场证明。可是，如果外卖太早送到就糟了，所以他点了比较花时间的套餐。一知道他点的套餐，我的第六感就启动了。他点了蒲烧套餐。"

"有鳗鱼……"美佐子顿时语塞，随即察觉到了勇作话中的含义。

"你好像知道了。"他说，"你当然会知道，我也知道他从小就最讨厌鳗鱼。如果他非得点那种套餐，其中一定有什么理由。"

晃彦的确讨厌鳗鱼，美佐子知道这点，从来不曾将鳗鱼端上桌。

"就算你真的没看到他，我也相信自己的直觉。不过，从你的反应来看，我确定自己的直觉没错，昨天白天他曾经回过这里。"

从勇作口中说出的一字一句，强烈地撼动了美佐子的心。这不只是因为心事被人看穿，更让她松了一口气：要是得将对晃彦的怀疑深藏心中，自己独力面对，只会备受煎熬。

"我觉得这是老天赐给我的最后一次机会，一生中唯一能胜过他的机会。所以，就算你千方百计想袒护他，我也一定会揭露真相。"

美佐子心下冰凉。"我……不会袒护外子的。"

"咦？"勇作半张开嘴。

"我怎么可能……袒护我先生，毕竟我连该怎么袒护他都不知道。我什么都不知道，我嫁进这个家好几年了，却对他一无所知。"

"小美。"勇作脱口而出，从前他是这么叫她的。

美佐子对着曾经的恋人说道："我的人生……始终被一条看不见的命运之绳操控着。"

4

勇作回到警局，发现织田正坐在会议室的桌前查着什么。桌上堆着厚重的书籍，其中还夹杂着外文书。

"你倒挺悠闲。"织田一看到勇作，马上不悦地讽刺他。

勇作假装没听见，问道："这些书是怎么回事？"

"我从瓜生直明的书房里拿来的。须贝正清被杀的前一天，曾说想看看瓜生的藏书并进过书库，所以我正在调查他到底想看什么。这真是个既无聊又令人肩膀酸痛的工作。"织田故意活动起肩膀，仿佛在说：还不是因为你偷懒，我才这么辛苦。

"其他人去打听线索了？西方先生好像也出去了。"

"他去了真仙寺。好像找到十字弓了。"

"哦？终于……"

命案现场并没找到凶器，大家都认为案犯已将其处理掉。

"我要休息一下，这里就交给你了。"织田站起身来，不等勇作反应就离开了会议室。他的意思似乎是：也让你尝尝那种无聊的书的滋味。

勇作只好拉开椅子坐下，随手拿起一本书，是《警告科学文明》。勇作觉得这书名很现代，却是四十多年前的著作，他再次意识到人总是绕着相同的问题打转。

勇作停止翻书，想起美佐子。几十分钟前见到的仍是那个他十分熟悉的美佐子。两人的态度一开始很生硬，却在谈话过程中渐渐恢复到往昔。在她面前，勇作觉得像是回到了当年，心头很温暖。

勇作对晃彦的不在场证明存疑时，马上想到要去见美佐子。他的确认为当面询问她，可能会找到一些蛛丝马迹，但也不能否认自己为那复杂的心情所影响——勇作想看看，嫁为人妇的她知道自己怀疑她丈夫是凶手时，会有何反应。

她一定会袒护丈夫。她应该是爱晃彦才会和他结婚的，不可能不袒护他。勇作想亲眼确认这点，这种行为简直就像故意按压发疼的白齿。

然而，美佐子的反应却出人意料。

"我怎么可能袒护我先生……"

"我的人生始终被一条看不见的命运之绳操控……"

她就像一条被人绞到极限然后松开的橡皮筋，开始娓娓道出她为何和瓜生晃彦结婚、为何还留在瓜生家，以及勇作无论如何都想不通的事情演变过程。

她用"命运之绳"这种说法，表示她从父亲住进红砖医院起，就开始感觉到那股力量的存在。

就算真是如此，为何只有她受到那股力量的影响？她究竟哪里与众不同？尽管她的说法令人难以置信，勇作却无法假装没看见她那对认真的眼睛。

过了一会儿，织田回来了。他看着勇作面前的书，不满地说："搞什么啊你，几乎都没动。"

"这工作很累人。再说，也不是我们这种门外汉能胜任的，找社长秘书尾藤来如何？"

"那个尾藤只要遇上不懂的事，就马上举手投降。"织田愤愤地说完，粗鲁地坐在椅子上。

不久，西方回来了。他似乎跑了不少地方，一脸疲惫。

"怎么样？"织田边请西方喝茶边问。

西方大口喝下那杯淡而无味、不冷不热的茶，说："真仙寺南边约三百米处有一片竹林，对吧？十字弓就被丢弃在那里，据说装在黑色塑料袋里，是附近的一个小学生发现的。他母亲发现他在削竹子做箭，打算用那把弓来发射，于是从他手中一把抢过来。要是他拿来乱射、让人受伤，就糟糕了，到时候连我们都会有麻烦。那把十字弓还潜藏着这样的危险性，当时就该动员更多人力投入搜查行列。"

"那的确是从瓜生直明书房里偷来的十字弓？"勇作问。

"绝对没错，刚才已经确认过了。"

"只找到了十字弓？箭应该有两支，凶手只用了一支，应该还有一支。"织田说。

"只找到弓。我们在那附近进行了地毯式搜索，却没找到另外那支箭。"

所以西方才一脸疲惫不堪。

"这真令人担心。要是不知情的人摸到那支毒箭可就危险了。"

"没错。毕竟凶手不可能一直将箭带在身边。不过，那支箭不是毒箭的可能性增大了。"

"此话怎讲？"

"其实，我们今天在瓜生直明的书房里又找到了一支箭。"

"不止两支？"勇作问。

西方点头。"那支箭就放在之前那个木柜的最下层。经鉴识人员调查,箭头没有装进毒药。"

"没有毒?"织田一脸诧异,然后马上点头,"噢,原来如此,只有那一支被动过手脚。"

"不,似乎不是。"西方说,"我们问过将箭送给直明先生的那个人,他说本来没打算带回毒箭,但不知是当地的朋友出于好意还是想开玩笑,在三支箭中混入了一支真正的毒箭。听说他回日本打开行李箱后,才发现此事。不过,直明觉得那支箭很有意思,就收了下来。"

"后来产生了一点误会,才以为所有的箭都有毒。"

"似乎是。"

"那么凶手偷走的两支箭一支有毒,一支没有,是吗?而射中须贝的碰巧是毒箭。"织田拿起身边红色和黑色的圆珠笔,做了一个用红笔刺自己胸部的动作。

"不知是否碰巧。或许凶手在作案前察觉到了两支箭的不同之处。"说完,西方从织田手中接过黑笔,用指尖利落地转动,"问题是凶手怎么处理剩下的一支箭。我认为,他很可能还将箭藏在什么地方。如果要扔,跟十字弓一起扔掉就好了。他没那么做,一定有什么理由。"

"凶手也可能打算今后再处理箭,嗯?如果派人监视所有有关人等……"

织田一说完,西方贼兮兮一笑,用手指戳他胸膛。"我已经派了。一得知另外一支箭下落不明,我就派人在关系重大的地点监视了。"

"啊。真不愧是……"

织田似乎想恭维西方一句,但西方说了声"不过",对着织田的脸伸出手掌，打断了他的话。

"就我的直觉，我认为没有必要四处派人监视。重点在于，"西方压低声音继续说，"瓜生家。只要监视瓜生家的人就行了。"

"怎么？"织田问。

"花瓣啊。"

"花瓣？"

"嗯。不过，目前我还在请人调查这件事情。"

这时，走来一个刑警，表示有人来电找西方。他拿起话筒讲了两三分钟，又回到勇作他们身边。

"这通电话来得正是时候，你们现在去须贝家一趟！"

"发生了什么事？"

"现在可以进须贝正清的书房了。我希望你们调查他的日记、备忘录，还有他最近感兴趣的东西。"

"我想先听听花瓣的事。"织田说。

西方却调皮地眨了眨眼睛，说："我先卖个关子，晚点再告诉你。"

5

美佐子到门口拿晚报时，心想，警方的戒备好像比白天更森严了。门前站了两个眼神锐利、似乎只是偶然站在那边的男人。但不用说，他们不可能没有任何目的，大概是在监视出入瓜生家的人。同样，后门也站了两名警察。美佐子不懂，为什么傍晚之后，会突然变得如此戒备森严呢？

在这种紧张的气氛下,美佐子的父亲壮介来了。他好像先到主屋向亚耶子打了招呼,然后才来美佐子夫妻住的别馆。

"感觉真是不太舒服,经过大门时还被人盯着看。"壮介在玄关边脱鞋子边说。

"警察问你话了?"

"没。说不定离开时会问吧。晃彦呢?"

"还没回来,不过我想差不多快了。"

美佐子带父亲到客厅,这是她今天第三次带人进客厅了。

"警方问了你什么?"壮介脱掉西装,边松开领带边问。

"问了一大堆呢,同样的问题一而再、再而三地问。爸,喝茶好吗?"

"噢,你不用麻烦。看来警方果然会仔细调查你们。你心里真的一点底都没有?"

"没有呀,我什么都不知道。"说完,美佐子准备了茶具。这句话带有自嘲的意味,壮介却没听出弦外之音。

"那也好。要是说太多没把握的,万一发生无可挽回的事情就糟了。"

美佐子背对着父亲听他说话,心想,自己说不定已做出了无可挽回的事。勇作已经看出,她昨天白天看到了晃彦的身影。警方今后要是怀疑晃彦,美佐子的证言应该具有重大意义。即便勇作说,他不会将这件事情告诉别人,但……

美佐子除了告诉他这件事,还提到了"命运之绳",希望他能了解自己如今的心情。

见勇作之前,美佐子还曾告诫自己"千万不能迷失自我",但她也察觉到了，越和勇作说话，越是无法控制自己。她一直想找个人诉说自己对现状的不满、对丈夫的疑虑、对目前人生的疑问。睽违十多年后再次和勇作重逢，足以拆解掉她心扉上的锁。

对于自己说的话，他会怎么想呢？会不会觉得这是我愚蠢的妄想而嗤之以鼻呢？若他无视我的倾诉，的确令人悲伤。

然而，美佐子一想到他若将自己的倾诉郑重视之而采取行动，也会害怕。她感觉自己像打开了潘多拉之盒。

听到壮介说话，她才回过神来，"咦"了一声，转过头。

壮介边看晚报边问道："我在说晃彦，对命案一事，他有没有说什么？"

"没有啊。"

美佐子端来茶和点心。壮介放下晚报，眯起眼睛啜饮茶水。看他喝茶的模样，美佐子感叹地想，爸真的是上年纪了！

壮介从 UR 电产退休后，又到其外包商电气工程公司工作。工作内容是负责和以前的公司联络，无须费神，也不耗费体力，加上适度运动可能对身体有益，他最近气色很好。

"晃彦是瓜生家的继承人，警方自然会怀疑他吧？"

"大概是吧。"

"警方的怀疑应该已经打消了吧？像是确认了不在场证明之类的？"大概是最近常看电视上的推理连续剧，壮介说出了一个专业术语。

"天晓得，我不知道。他昨天几乎都不在家，今天也一早就出去了，到现在还没回来。"

"哦。警察说不定去了大学。"壮介的眼神不安地在空中游移。

两人正有一句没一句地针对这起命案聊些无关痛痒的事,玄关传来声响。晃彦回来了。

得知岳父来了,他马上到客厅打招呼,衣服也没换便径直坐在壮介面前,满面笑容地询问岳父的近况。

"我想事态严重,所以过来看看情况,可什么忙也帮不上。"

"谢谢爸,您不用担心。这场骚动只是因为我父亲的遗物被偷,而且涉及人命罢了。社会上经常发生赃车被人用来犯罪的事件,这次就跟那个一样。"大概是想让岳父放心,晃彦给出一个牵强附会的解释。十字弓被用来杀人和赃车被人乱用,根本是两回事,因为能带走十字弓的人有限。

而你,就是其中之一。美佐子在晃彦的背后,在心中低语。

晃彦邀壮介共用晚餐,壮介谢绝了,站起身来。

"那我送您回家。"

"不,不用了。我自个儿慢慢晃回去。"壮介赶忙挥手。

"天气有点冷了,对身体不好。我会担心,请让我送您。"晃彦坚持。

壮介不好意思地抓抓头,说:"那就恭敬不如从命了。"

美佐子目送两人出门,然后整理客厅。她捡起晃彦随手放在地上的西装,正想挂上衣架时,有东西咚地掉在地上——一管瞬间接着剂。

他身上为什么会有这种东西?是在大学的研究室里用的?晃彦经常带些莫名其妙的东西回家,但瞬间接着剂还是头一遭。美佐子感到不可思议,但还是将它放回西装内袋。

晃彦回家的时间比想象中还晚,美佐子将晚餐的汤再次加热,但晃彦对晚归没做任何解释。美佐子随口问道:"路上堵车吗?"晃彦也只是模棱两可地回答:"嗯,听你这么一说,的确很堵。"

美佐子边吃边问晃彦,警察是否去过大学。他不以为意地回答:"来过。"

"他们问了你什么?"

"没什么,就跟昨天问你的一样。"

"比如问,你白天在哪里吗?"

"差不多。"

晃彦不疾不徐地喝汤、吃色拉和烤牛肉,没有任何不自然的表情。

"你怎么回答?"

"什么?"

"就是,"美佐子喝下葡萄酒,说,"当他们问你白天在哪里的时候。"

"噢,"他点头,"我回答在研究室里吃外卖套餐。店员应该记得我,没什么好怀疑的。"

"哦。"她简短地应了一声,心想,和仓勇作却在怀疑你。

"那种店里的东西好吃吗?是大学附近的餐厅,对吧?"

"没什么特别。不过以价格来说,还算可以。"

"其中有没有你讨厌的菜色?"比如蒲烧鳗鱼——但美佐子没说出口。

"有时候会。不点那种东西就好——"晃彦说到这里,好像突然屏住了气。他一定是想起了昨天要的套餐和现在说的话互相矛盾。美佐子不敢看他的表情,眼睛一直盯着盘子。

"你怎么问这个？"晃彦问她。

"没什么……只是在想你平常都吃些什么。再来一碗汤？"美佐子伸出右手，想，自己演得还真自然。

晃彦也没有露出怀疑她的样子，以平常的语调回答："不用了。"

两人之间持续着短暂的沉默，只有刀叉碰到盘子的声音。美佐子觉得，两人最近吃饭时交谈的话题变少了。

"今天来了两个警察，看到其中一个，吓了我一大跳。居然是我以前的同学。"

"咦？真的假的？"美佐子为晃彦斟上酒，脸露惊讶。这次的演技并不怎样，但他好像没发现。

"他从小学到高中都跟我同校，很活跃，又会照顾人，总在班上大受欢迎。而且他是那种刻苦耐劳的人，念书就像在堆小石头一样，一步一个脚印。"晃彦放下刀子，用手托住下巴，露出回想往事的眼神，"正好和我相反。"

"咦？"

"他正好和我相反，我怎么也无法和身边的同学打成一片。我觉得每个人都幼稚得不得了，像废物一样，而且我对一般小孩子玩的游戏毫无兴致。我不觉得自己奇怪，反而认为他们有问题。"他将叉子也放在刀子旁，"他就是那种孩子的典型代表，带领大群同学，不管做什么都像领袖一样，连老师也很信任他。"

"你……不喜欢他？"

"应该是。我对他的一举一动都看不顺眼，可又觉得，我好像在透彻地了解他这个人之前，就已意识到了他的存在。怎么说呢？该说是我们不投缘吗？总之，我总会下意识地想排斥他，就像磁铁同极相斥一样。"晃彦将杯中剩下的葡萄酒一饮而尽,像是要映照出什么似的,将玻璃杯举至眼睛的高度。

"但不可思议的是我现在却对他有一种怀念的感觉。每当我试图回想漫长的学生生活时,什么都想不起来,脑海中却总是鲜明地浮现出他——和仓勇作。"

"因为你们是宿敌吗?"美佐子说出从勇作那里听来的话。

晃彦复诵了一遍,说:"是啊,这或许是个适当的说法。"他频频点头。

"不过,还真稀奇啊。"

"什么?"

"第一次听你提起小时候的事。"

晃彦像突然被人道破心事般移开视线,说:"我也有童年啊。"

他从椅子上起身。盘中的烤牛肉还剩下近三分之一。

6

须贝正清的书房和瓜生直明的正好相反,重视实用性甚于装饰性。房里连一张画都没有,每一面墙都塞满了书柜和橱柜。那张大得令人联想到床铺的黑檀木书桌上放着电脑和传真机。

"那天……命案发生的前一天,外子一回到家就马上跑到这个房间,好像在查什么资料。"

行惠淡淡地说。丈夫遇害才过一天,但一肩扛下须贝家重担的她,似乎已重拾冷静。

"什么资料？"织田打开抽屉，边看里面边问。

行惠摇摇头。"我端茶来的时候，只看见他好像在看书。那不稀奇，我也没特别放在心上，所以才没告诉警方。"

"那是一本怎样的书？"勇作问。

行惠以手掌托着颧骨，微偏着头说："印象中……好像是一本像资料夹的东西。"

"多厚？"

"挺厚的，大约这样。"行惠用双手比出约十厘米的宽度，"而且感觉挺旧的。我当时瞄了一眼，纸张都泛黄了。"

"资料夹……纸张泛黄。"织田用右手搓着脸，像在忍耐头痛，转而问站在行惠身边的男子："尾藤先生，你呢？你对那个资料夹有没有印象？"

"没有，可惜我一点印象都没有。"

尾藤缩紧了本就窄小的肩膀。行惠听到要调查正清的书房，于是把他找来了。

"命案发生的前一天，听说你和须贝先生为了看瓜生前社长的藏书，去了瓜生家一趟？刚才夫人说她看见的旧资料夹，是不是从瓜生家拿来的？"

"可能是。"

"那到底是什么东西？你心里应该有数吧？"

"不，因为，"尾藤露出怯懦的眼神，"我跟其他警察说过好几次了。须贝社长说想自己一个人参观前社长的书库，我和瓜生夫人才一直都在大厅里。因此，我完全不清楚须贝社长对什么书感兴趣。"

织田闻言重重地叹了口气。

勇作决定放弃从行惠和尾藤口中问出有效证言的希望，开始寻找行惠印象中的那本厚资料夹。巨大的书柜从地板一直延伸到天花板，但资料夹的数量并不多。环顾一圈下来，书柜中似乎没有他们想找的东西。

"你先生在这里查资料时，你有没有看到什么，像是英文字典之类的？"织田查看过书桌底下和书柜里，表情有点不耐烦地问。

行惠偏着头想了一会儿，然后指着勇作身旁的橱柜："英文字典是没有，不过当我进来的时候，他从那里拿出了一本黑色封面的笔记本。"

那个橱柜有十层没有把手的抽屉。

"我想应该是从最上面那层抽屉拿出来的。"

勇作伸手拉抽屉。织田也大步走过来，看向里面，却没有看到笔记本。

"里面什么也没有。"勇作说。

行惠也走了过来。"咦？真的……"

她看着空空如也的抽屉，瞪大了眼睛。

"其他层倒是放了很多东西，这个橱柜究竟是怎么分类的？"织田一边陆续打开第二层以下的抽屉，一边问。

"我不知道分类的方式，这个橱柜里放的应该是外子的父亲留给他的遗物。"

"须贝社长的父亲……是前社长之一啰？"织田问。

"是的。"

勇作和织田依序查看抽屉里的物品。果然如行惠所说，他们找出了一件件正清的父亲须贝忠清担任社长时的资料，包括新工厂的建设计划、营运计划等。或许这些是他为让儿子学习管理而留下的实用教科书。

"你先生经常阅读这里面的资料?"

对于织田的问题,行惠歪着头说了声"不知道",又说:"外子曾说,这些旧东西虽然可以代替父亲的相簿,对工作却没有帮助。所以我想他应该不常拿出来看。不过,他那天确实从这里面拿出了一本笔记本。"

"那笔记本却不见了。"

"似乎是这样。"行惠露出一脸不可思议的表情。

"尾藤先生对那笔记本有印象吗?"

冷不防地被织田这么一问,尾藤赶忙摇头否认:"我今天也是第一次知道那个橱柜的事。"

"哦。"织田一脸遗憾。

有两本资料不见了。

勇作在脑中思考,一本是厚厚的资料夹,另一本是黑色封面的笔记本。共同之处在于,两本都是旧资料。它们为什么会从这间书房消失呢?

"昨天到今天,有人进过这房间吗?"勇作问。

"这里?"行惠夫人像歌剧演员般将双手在胸前交握,面向正前方,唯有黑眼珠看向斜上方,"昨天的场面很混乱……说不定家里人有谁进来过。"

"昨天在这栋屋子里的,只有你的家人和佣人吗?"

"不,晚上还有几个亲戚赶来。噢,还有……"她轻轻拍手,"天色还早的时候,晃彦也来过。幸亏有他,不然只有我儿子俊和一个人,实在忙不过来。"

"晃彦……瓜生晃彦?"突然听到这个名字,勇作的心牵动了一下。但他并不意外。因为他相信,晃彦和这次命案脱不了干系。瓜生晃彦有没有进过这间书房?两本消失的资料会不会是他拿走的?然而,勇作完全无法理解晃彦行动背后的意义。

"我们今天暂时调查到这里。如果你想起什么,请随时与我们联系。"织田为这次调查行动下了结论,动手关上抽屉。第一层的抽屉却像被什么东西卡住了,无法完全关上。

"奇怪。"织田弯腰往里面一看,惊讶地扬了扬眉。

"怎么?"勇作问。

"里面好像卡了一张纸。"织田勉强将手伸进去,小心翼翼地将它抽出。夹在指缝间的似乎是一张照片。

"这是什么建筑物?"

织田盯着照片,却不让勇作看,仿佛在说:那是他拿出来的,只有他可以看。他又问行惠:"你知道这是什么吗?"

照片递到面前,她马上摇头:"我没见过。"

织田又将照片递到尾藤面前,勇作总算看到了照片。尾藤说:"我不知道。这是什么呢?从外观来看像是一栋旧式建筑。"

"真的,好像一座城堡。"行惠也插嘴道。

这两人都说不知道,织田似乎也不太感兴趣。不过,他还是说:"这张照片可以由我保存吗?"获得行惠的应允后,他小心地收进西装口袋。

要是织田注意到了勇作的表情,应该就不会轻易将那张照片收起来。

勇作甚至觉得，自己的脸色刷地变白了。他从来没忘记过那张照片中的建筑——正是那所红砖医院！

7

美佐子半夜被噩梦惊醒。一个不知被什么东西追赶着的梦。照理说，她应该知道梦里追赶自己的东西的真面目，但一觉醒来，却只剩下满腹不快的回忆。她试着回想追赶自己的到底是什么，但总觉得想起来可能更不舒服，于是决定忘记此事。

美佐子翻了个身，转向晃彦。身旁却是空的。

她扭动身子，看了一眼闹钟。凌晨两点十三分。若在平常，这是晃彦熟睡的时间。

他在做什么呢？

美佐子不认为他去了厕所。一向睡得很沉的他不可能在半夜起床。她闭上眼睛。不知是否受到梦境的影响，心情还有些不平静。

忽然，美佐子听见叩的一声，接着是低吟声。她睁开眼睛，声音依旧继续。她起身套上睡袍，穿上拖鞋。低吟声一度止歇，但她感觉到有人在走动。

她来到走廊上，声音更清楚了。她听过那种声音，绝对是用锯子锯东西的声音。为什么要在半夜锯东西？

声音来自晃彦的房间。美佐子握住门把手，却没有转动，她想门一定上了锁。晃彦很少让她进这个房间。他不在家时甚至将门锁上，理由是房里放满了重要的资料，要是被人动过，他会不知道东西在哪里；而且就算家里失窃，至少也要保住这间房里的东西。

美佐子放开把手，敲门。敲了几下，刚才听到的声音就像有人关上了开关，戛然而止。

隔了一会儿，门锁咔嚓一声打开了。门打开一半，睡衣上套了一件运动外套的晃彦现出身影，他的脸颊看起来微微泛红。

"你在做什么？"美佐子一边瞄着房里的情形，一边问。她只瞥了一眼，看见锯子掉在地上。

"做木工。"晃彦说，"我在做明天实验要用的器具。我忘得一干二净，刚刚想起来。"

"是吗……家里有材料吗？"

"嗯，勉强凑合着用……太吵了，让你睡不着？"

"不是，没那回事，你要早点睡哦。"

"好。"

晃彦动手关门。突然，美佐子轻呼一声。

"怎么？"

"没什么……你是为了这个，才带那管瞬间接着剂回家的吗？"

"啊？"

美佐子又问了一次，并从晃彦脸上看到了不知所措的神色。他张开嘴巴，频频眨眼。美佐子发现自己说了不该说的话。

"你怎么知道？"

"刚才……你送我爸回去的时候，从你西装的口袋里掉了出来。"

他轻舒一口气，歪着嘴角挤出一个不自然的笑容。"我白天在大学里用了那个，大概是随手放进了口袋，没什么。"

"这样啊……"美佐子假装接受了这一解释，心里却充满疑问。

"那，晚安。"

"嗯，晚安。"

美佐子转过身，迈开脚步，背部感受到晃彦如刀锋般锐利的视线。她却没有勇气再次回头。

8

回到公寓，勇作从书桌的抽屉里拿出一个旧笔记本。用钢笔写在封面的字迹不觉间已变得模糊。辨读出来的文字是：

脑外科医院离奇死亡命案调查记录　和仓兴司

那个笔记本二十几年前就有了，记载的是兴司针对早苗死于红砖医院一案的调查所得。

他翻出这个笔记本，是因为白天在须贝正清的书房里意外地发现了那张照片。

为什么须贝正清会有红砖医院的照片？原本和那张照片放在一起的"黑色笔记本"究竟哪里去了？正清又在调查什么？

勇作不明白红砖医院和须贝正清有什么关系。不过，对瓜生直明和红砖医院之间的关系，他已有所察觉——是早苗的那起命案。

当年父亲调查那起命案时，家里来了一位文质彬彬的绅士。他和父亲长谈之后离去，不久，父亲便停止了调查。

在小学毕业典礼上，勇作得知那位绅士就是瓜生晃彦的父亲。

从此，勇作一直在想，说不定早苗那起命案对瓜生家意义重大。

如果这个推论正确，须贝正清会对那起命案感兴趣一点都不奇怪。放着那张照片的橱柜里都是正清的父亲留给他的遗物。这样，从时间上来看，不也和早苗那起命案的案发时间吻合吗？

勇作再度将目光落在笔记本上。他想，如果这次的案子关系到早苗的命案，就不能假手他人。

他第一次看见这个笔记本，是在当上警察、正式分配后的第二年冬天，也是兴司死去的那个冬天。

兴司常对勇作说："我死后，葬礼从简，把奖状全部烧掉。"有时，他还说："我死后，你要记得整理神龛的抽屉，里面有东西留给你。"

父亲死后两个多星期，勇作才得空好好思考这一番话。他一一遵照父亲的嘱咐办理了后事。就算没有父亲的指示，葬礼也只能从简。

勇作想起父亲的遗言，查看神龛。父亲想让自己看的东西到底是什么呢？他在小抽屉里找到了一个对折的旧笔记本——那正是"脑外科医院离奇死亡命案调查记录"。

那不是警方的资料，而是兴司针对那起命案所做调查的记录，因此还包含了部分草稿和简单的笔记。

开头的主要内容大致如下：

一、发现尸体

九月三十日上午七点过后，一名上原脑神经外科医院的值班护士在该院南面的庭院散步时，发现有人倒在地上。经该护士通知，两名正在值班的医生赶来，经诊断发现该名女子已无脉搏和生命迹象。院方马上与本局联系。上午七点二十分，附近派出所的两名警察和两名巡警抵达并封锁现场一带，展开监视行动。七点三十分，本局刑事科刑警、鉴识人员到达现场，进行调查。

二、尸体情况

尸体经护士们确认，是该院患者日野早苗。她身穿白色睡衣，打赤脚，面部朝上，呈大字形倒在建筑物南方、她本人病房的正下方。

解剖结果发现，死因为头盖骨凹陷导致颅内出血。另外，脾脏与肝脏受损，背部可见大片内出血痕迹。

三、现场

死者的病房在该院南栋四楼。病床寝具凌乱，窗户未关。拖鞋整齐地放在病床旁。病房内放置了死者的行李和简单的家具，并无异状。

从尸体的位置和其他情形来看，死者可能出于某种原因从病房的窗户坠楼。

四、目击者和证人

医院的熄灯时间为晚上九点，此后没人见过日野早苗，也没有找到知道窗户是否开着的人。

不过，住在日野早苗隔壁病房的坂本一郎（五十六岁）的证言指出，他在半夜听见日野早苗房里有脚步声，还听见类似女性尖叫的声音。坂本曾想通知护士，但懒得下床，后来就睡着了。他当时没看时钟。

另外，两名住在南栋病房的患者听见有什么东西掉落的声音。两人都说没将此事放在心上。

五、日野早苗的身份

日野早苗在七年前被送进该院，送她住院的人是瓜生工业股份有限公司时任社长瓜生和晃（三年前殁）。瓜生称，日野早苗的父亲对他有恩，因此代为照顾她，但她可能有智力方面的障碍，因此拜托交情甚笃的上原雅成院长为她治疗。上原一口允诺，为她在南栋四楼准备了一间个人病房，展开治疗，直至今日。

日野早苗的户籍地在长野县茅多郡，父亲死于战事，母亲也因病去世。询问她故乡的人，也没人知道日野家。有一名据说曾住在她家隔壁的妇人，只知道早苗在念初中。

向瓜生和晃的儿子直明打听他父亲如何与早苗相遇，得知和晃似乎是在因缘际会之下发现在闹市乞讨的她，得知她没有像样的住所后，决定带她回家，照顾她。但她在日常生活中出现了许多问题，于是和晃决定让她接受治疗。

至于和晃从早苗的父亲那里受过何种恩惠，直明和上原都没听说过，但直明尊重父亲的遗愿，继续支付治疗费用并接下监护人的义务，上原则继续为她治疗。然而，历经七年的治疗却没有出现显著的效果。早苗智力障碍的原因依旧是个谜。

六、日野早苗的为人与生活

她个性敦厚，老实害羞，虽然智商只相当于小学低年级学生，但个人的大小事宜大部分都能自理。她不擅长阅读，几乎不会算数，平常会打扫庭院。她对大人抱有强烈的警戒心，但似乎喜爱与孩子接触。院长默许附近的孩子在院子里玩，因此她每天似乎都很期待他们的来访（勇作好像也经常去）。

她七点起床，九点就寝。据说不曾打乱这种日常作息。

所有密密麻麻记录在笔记本上的内容无不冲击着勇作的心，内容翔实地传达着早苗为什么会出现在那个地方。

勇作想起，第一次看到这本笔记时，令他格外震撼的是"她每天似乎都很期待他们的来访"。当时的勇作也同样期待去医院玩耍。

不过，这本笔记里有些内容令人无法一味沉浸在感慨当中，不，该说令人起疑的成分居多。最重要的一点就是早苗和瓜生和晃——或许该说是和瓜生父子之间的关系。

读过该部分记录后，也就不会奇怪于瓜生直明和早苗的离奇命案有关。毕竟，他是早苗的监护人。

然而，勇作无法理解直明对命案的反应，他恐怕曾经劝警方放弃调查这起命案。

勇作还记得，兴司的上司曾经为该案到过家里，好像花了好长时间试图说服兴司，却未果，悻悻拂袖而去。他当时或许是这样说的："和仓，你就别钻牛角尖了，又没找到他杀的决定性证据。再说，杀了那个女的，没人有好处啊。从早苗的智商来看，即使自杀的可能性不高，也很可能是意外。那天夜里万里无云，早苗可能半夜醒来，想打开窗户看星星，但身体向外探得太多，以致失去平衡而坠楼。就是那样。你就那样告诉自己吧……"

兴司在笔记本里提到，岛津警局内似乎从一开始便对他杀持消极看法。

上司无法说服兴司。几天后，瓜生直明亲自现身。勇作认为，之前上司会到家里来,便是瓜生家对警方进行劝说的结果。

这次兴司接受对方的意见,停止了调查。

不知瓜生直明究竟对父亲说了什么。对勇作而言,这也是最大的谜。笔记本上也没有记载。

但勇作确信,父亲兴司绝对没有放弃"早苗死于他杀"的看法。他在笔记本中间写了几个理由:

早苗恪守就寝和起床的时间。护士们的证言提到,她不可能在半夜下床。那么她可能半夜开窗看外面吗?

住在隔壁病房的患者听见的是谁的脚步声?早苗在病房里穿的是拖鞋。

早苗打着赤脚。就算只是开窗看外面,一般也会把拖鞋穿上吧?

听说从前有人带早苗到医院的屋顶时,她大哭大闹。她是不是有恐高症呢?如果有,就不可能从窗户探出身体。

命案发生当晚,有好几个人目击医院大门前停了一辆大型黑色轿车。那难道不是凶手准备的交通工具吗?

从这几个疑点一路看下来,勇作能充分接受兴司坚持他杀的理由。更令人怀疑的是,为什么当时警方不更深入地追查呢?

勇作看着这个笔记本,决心要设法找出真相。他觉得,兴司也希望自己那么做。兴司虽然没有在警界出人头地,但对每一件案子总是全力以赴,以自己能接受的方式办案。他唯一的遗憾,恐怕就是这起"脑外科医院离奇死亡命案"。

然而,勇作拿到这本笔记本时,早已没办法重新调查那起命案了。时至今日,还有多少人记得那起案子呢?

勇作知道唯一的办法就是直接向瓜生家的人打听,或许他们知道事情的真相。但要采取行动却不容易,就算要向他们打听也无从下手。若突然登门造访,要他们说出早苗死亡的真相,只会被当成疯子。

勇作左思右想苦无对策,后来因为每天忙于繁重的工作,不知不觉间,彻查真相的心情渐渐淡了。

他没想到,这次的命案竟然会扯上红砖医院。

勇作想,试试看吧。不知道这起命案和早苗一案有多少关联,但尽最大努力吧。

"这起命案是我的案子,它和我的青春岁月大有关系。"勇作紧握手中的笔记本,在心中呐喊。

第四章　吻合

1

勇作心中那幢充满回忆的红砖医院早已面目全非。令人怀念的红砖建筑成了全白的钢筋水泥房子，简直像一栋高级饭店，而从前绿意盎然的院子大部分已辟为停车场。

勇作绕了一圈，试着找寻遇见早苗、美佐子和瓜生晃彦的地方，却遍寻不着。

不知是经营方针改变了，还是只靠脑神经外科无法经营，或者兼而有之，医院的名称也从"上原脑神经外科医院"变为"上原医院"。

这天早上，勇作一到岛津警局，马上去找西方，要求去调查昨天从须贝家回到警局后，让西方看的那张照片中的建筑。

"我总觉得见过那栋建筑，但昨天怎么也想不起来，就没表示什么看法。"

"你现在想起来了？"西方将照片拿在手里问。由于还不清楚照片和命案之间的联系，目前还没决定如何对这张照片展开调查。

"我想那大概是位于昭和町的上原脑神经外科医院,在我老家附近,所以我有印象。"

"哦,是家医院啊。听你一说,的确像医院。好,你就去走一遭。"西方目不转睛地盯着照片。

勇作想,幸好西方没有啰里啰唆问一堆问题。

他到医院前台报上姓名,表示想见上原院长。

"您跟院长约了吗?"身穿白袍的前台小姐一脸诧异地问。

勇作回答:"是的。"

他来这里之前打过电话,这才知道,当年的上原雅成院长已经去世。接电话的是他女婿、第二代院长上原伸一。

等了一会儿,另一名护士带勇作到院长室。护士一敲门,室内马上传来浑厚的声音:"请进。"

"和仓先生来了。"

"请他进来。"

勇作踏进院长室,迎接他的是一个肥胖的男人。此人脸色红润,头发乌黑茂密,但应该已经四五十岁了。

"不好意思,在您百忙之中前来打扰。我是岛津警局的巡查部长,敝姓和仓。"勇作低头行礼。当他抬起头时,发现房间中央一组待客的沙发上坐了一个女人,约莫四十五六岁,体态和上原正好相反,苗条修长。勇作也向她低头行礼,她立即点头回礼。

"她是内人晴美。"上原向勇作介绍,"你说要询问从前医院和我丈人的事,我想光我一个人可能无法详尽回答,所以找了内人过来,应该没关系吧?"

"当然没关系,感谢您想得那么周到。"勇作再度低头致意。

"来，请坐。"上原摊开手掌，伸手示意勇作在沙发上落座，自己则坐在夫人晴美身旁，晴美看起来只有他一半大。

勇作和他们相对而坐。皮沙发比想象中的还要柔软，整个身体几乎都要陷进去。

"真是吓了我一跳，没想到刑警先生竟然会为了那起命案到敝院来。"上原从茶几上的烟盒中拿出一根烟，用台式打火机点着。这一带大概无人不知须贝正清遇害一事。

"目前还不知道命案和贵院是否有关，但哪怕可能只有一点关系，也要调查，这就是我们的工作。"

"嗯。警察也真辛苦。对了，要不要喝点什么？白兰地，还是苏格兰威士忌？"

晴美立刻从沙发上起身。

勇作连忙挥手阻止："谢谢你的好意，不过我们执勤的时候不能喝酒。"

"是吗？可惜我有好酒。"上原的表情有些遗憾，或许是他自己想喝。

"请问，你今天来是为了什么事呢？"晴美问。她大概觉得，如果让丈夫接待勇作，话题会进行不下去。她的声音在女性中算低沉的，感觉和她瘦削的体形不太相称。

"其实，我是想请你们看看这张照片。"勇作取出那张照片，放在两人面前。

上原用粗胖的手指捻起照片。"这是从前我丈人身体还硬朗时，这里的建筑嘛。"

"当时叫红砖医院，对吗？"

晴美一脸惊讶："你很清楚嘛。"

"我从前就住在附近，念小学时经常在这边的院子里玩。"

"噢，是这样啊。"她说话的语调有了变化，似乎很怀念过去般眯起眼睛。她一定很久没听人提起这件事了。

"这是一栋颇有古韵的漂亮建筑。要改建时，好多人都很舍不得。可它实在残破不堪，不得不改建。"上原的语气听起来像在找借口。

"改建是八年前的事了，对吧？当时前院长还……"

"他老人家还在世，可是罹患了胃癌。他大概也知道自己不久于人世了，所以对我说：'医院的事就交给你了。'当时我还在大学的附属医院，因为这个缘故而接下了这所医院，一咬牙来了一番大改造。除了建筑，也改造了内部结构。在那之前，这里脱离不了个人医院的体制，那样无法维持下去。身为经营者，我们必须有所察觉，将医院也视为企业经营。"上原大幅偏离了正题。

晴美大概察觉了勇作的困惑，从丈夫手中接过照片，说："这张照片好像是很久以前拍的。"

"哪里不一样吗？"

"有的，旁边这是焚化炉。我想，这应该是在快二十年之前拆掉的。"

"嗯，没错。我也依稀记得。"上原也从旁边过来凑热闹，"居然还有这么旧的照片。"

"是从遇害的须贝社长的遗物中找出来的。"

上原睁大眼睛，哦了一声。

"今天来倒也不是特别要问什么，只是想确认一件事——须贝先生为什么拥有这样的照片呢？"

"这个,"上原侧首不解,"须贝先生没来过这里,我们也不认识他的家人……"

"前院长呢?您有没有听他说过什么?"

"没有,我几乎没有跟丈人聊过从前的事——你曾听他说过什么吗?"上原问晴美。

她也摇头。"据我所知,父亲没有说过须贝先生的事情。"

"呃……"如果是其他刑警到这里来,问话可能就此结束了,但勇作手中还握有一张王牌。

"就算不清楚令尊和须贝之间的关系,令尊和前社长瓜生也应该是很亲近的朋友。"

乍闻此言,院长夫妇有些惊讶地面面相觑。

"我父亲吗?"晴美问。

"是。二三十年前,这里曾发生过一起患者从窗户坠楼身亡的意外。"

晴美无法立即反应过来眼前的年轻刑警在说什么。她迷离的视线在空中游移,双唇微张。"是不是发生在……南栋的四楼?一名女性患者坠楼……"

"正是。"勇作点头,"当时那名女性患者的监护人应该就是瓜生直明。"

"噢,"她在胸前拍了一下手,"我想起来了,确实有那么一回事。一开始她的监护人是瓜生先生的父亲,他父亲死后才由他接下这个重担。"

"正是如此,您记得很清楚。"

"这对我家可是一件大事。当时我在家里帮忙,经常听到警察和我父亲谈话。"

"哦。"

从晴美的年龄来看,她当时可能还住在家里。

"那件命案,我也略有耳闻。"上原用手搓着下巴,"不过丈人只是草草带过,我也不方便追问。"

"感觉我父亲确实不喜欢听人提到那件事。命案解决后,他也没对我们做任何解释。"

"令堂呢?她知不知道些什么?"

上原雅成的妻子比他早五年去世。

"这我就不清楚了……"晴美歪着头,话说到一半,突然惊觉地看着勇作,"那起命案和这次的事件有什么关系吗?"

"不是。"勇作缓和了脸颊的线条,"只是因为我对府上和瓜生家的关系感兴趣。根据调查,瓜生和晃和上原医生是老交情,才会带那名女性患者到这里治疗。我们想知道,他们是在什么样的机缘下交情变得密切的?"

晴美点头道:"不愧是警察,调查得真仔细。不过,有必要调查那么久以前的事情吗?"

"没办法,这就是工作。"勇作将手放在头上——表面上是工作,实际上是个人的调查。

"事情距今已经太久,我完全忘了瓜生先生和父亲的交情,实在也不清楚他们是怎么变亲近的。"晴美一脸歉然地说道,"不过,说不定……"

"怎么?"

"如果我没记错的话,在更早以前,我父亲有一段时间曾派驻在某家公司的医护站。那家公司说不定就是 UR 电产，当时叫……"

"瓜生工业。"勇作说。

晴美频频点头："就叫那个名字，说不定就是那家瓜生工业。虽然现在公司里有医护站的不在少数，但在当时可是很罕见呢，所以那一定是当时已是大公司的瓜生工业。"

勇作想，这个推论合情合理。"上原先生派驻在瓜生工业的医护站……可是，他的专长应该是脑外科吧？"

"嗯，没错，虽说有些疾病不是他的专长，接诊还是可以的吧。"

"当时缺医生，听说他什么病都看。"上原一脸得意地补上一句。

"有没有人清楚当年的事情？"勇作问。

上原夸张地抱住胳膊。"这个嘛，有谁呢？"

"山上先生怎么样？"

晴美一说，上原条件反射般击掌。"对，他说不定是个适当的人选。他是丈人大学时代的朋友，已退休了。"

上原起身翻了翻办公桌，从名片夹里抽出一张名片。勇作接过一看，上面只写了名字"山上鸿三"，没有头衔。

"我只在丈人的葬礼上见过他一面。如果他没搬家，现在应该还住在这里。"

勇作一边抄录名片上的地址和电话，一边问："您刚才说他是上原先生大学时代的朋友，他也是脑外科医生？"

"好像是，不过听说他没有自行开业。"

"他非常欣赏我父亲。"夫人说，"他好像是一位非常优秀的学者。但因为战争，再加上环境不允许，他说很遗憾没有机会好好做研究。"

"毕竟，光靠做研究度日，是很不容易的。"这句话大概反映出了上原伸一自身的处境，充满过来人的心声。

勇作假装在看记录，目光落在手表上。他觉得从这里已经打听不到任何消息了。

"非常感谢你们今天抽空接受询问，我想今后可能还会有事请教，到时还得麻烦两位。"勇作一面致谢，一面起身。

"真不好意思，一点忙也没帮上。"

"不，哪里的话。"勇作和进来时一样，频频低头致意，离开了院长室。虽然没有突破，但打听到上原雅成曾经派驻在 UR 电产的前身瓜生工业的医护站，以及山上鸿三这号人物，还算令人满意。

勇作正要走出医院玄关，从身后传来"和仓先生、和仓先生"的叫喊声。他回头一看，上原伸一摇晃着臃肿的身躯朝自己跑来。

勇作探了探衣服口袋，心想是不是忘了什么。

"还好赶上了。"上原来到面前，胸口剧烈地起伏，一道汗水流过太阳穴。

"您想起什么了吗？"等到他调匀呼吸，勇作才开口问。

"不知道这件事情有没有帮助。说不定是我记错了，就算没记错，也可能毫无关联。"

"愿闻其详。"

勇作和上原并肩坐在候诊室的长椅上。候诊室里人声鼎沸，上原医院的经营状况应该还不错。

"听完你刚才说的话，有件事情一直在我脑中盘桓不去。"上原稍稍压低音量，"就是瓜生这个姓氏。我和 UR 电产毫无关系，但对这个姓氏有印象。应该是因为这个姓氏很特殊。"

"您想得起来在哪里听过吗？"勇作想，既然他和 UR 电产无关，说了也是白说，但还是姑且一问。

"嗯，那是十多年前的事了。当时我还待在大学附属医院，经常到这里来。已经决定要由我继承这里，所以先来学习医院的运作，好为未来做准备。当时，有个感觉像是高中生或大学生的青年来见院长。"

"十多年前……像高中生或大学生……"勇作的心情开始翻腾。

"他好像来了两三次。每当那个青年来，我就会被赶出院长室。于是我向前台打听那名访客的名字。记得她回答我，是瓜生先生。"

勇作找不到适当的话回应，茫然地盯着上原的脸。上原也变得局促不安，腼腆地笑着说："果然没什么联系吧？"

"不，那个……"勇作吞了一口口水，"我想应该无关，但我会记在心上。真是谢谢您，特地赶来告诉我。"

言罢，勇作站起来，对上原深鞠一躬，然后迈开脚步往玄关而去。他膝头微微发颤，难以前进。

勇作出了建筑，在小花坛旁一张椅子上坐下。从前和美佐子并肩而坐时，四周全是绿色植物，现在却只看得见混凝土和柏油路。

为什么以前不觉得奇怪呢？勇作脑中数度浮现出这个疑问。瓜生晃彦为什么要放弃当一家大企业的接班人，选择当医生这条完全不同的道路？

刚才上原伸一提到的青年应该就是瓜生晃彦。从时间来看，晃彦当时是统和医科大学的学生。他去见上原院长时，说不定是刚考上大学，或入学后不久。

发生在红砖医院的早苗命案和瓜生家有关。红砖医院是一家脑神经外科医院，早苗是这间医院的患者，而瓜生晃彦拒绝前程似锦的康庄大道，改走医学之路，而且还是脑医学这条鲜有人走的羊肠小道。

是不是该从晃彦学医时，曾以某种形式与红砖医院扯上关系的角度思考？而且他和红砖医院之间的关系，应该不像勇作那样，仅止于对红砖医院的医生感到憧憬。

勇作的脑海中浮现出高中时代的记忆。他最先想起高二时发生在隔壁班的事。

"瓜生那家伙好像升上三年级后要出国留学。"当时一个亲近的朋友告诉勇作。

"去哪里？"

"好像是英国。去一家聚集着阔少爷、不知叫什么的知名高中。说是要待在那里两年，说不定大学也会念那边的学校。精英做的事情就是跟一般人不一样。"

"就是啊。"勇作心里五味杂陈，出声应和。他对晃彦留学一事没什么感觉。瓜生家的财力足以供晃彦出国去留学，也必须让他受那种教育。而勇作家既没钱，也没那个必要。然而，这只是两人家庭环境的差异，并不是两人本身的差异。勇作不会把这种事情放在心上。

令勇作遗憾的是，很可能自己连一次都没赢他，他就要离自己而去。勇作一直不断努力，想一雪前耻，但若对方不见了，从前的耻辱将永无洗雪的机会。

但他同时有一种松了口气的感觉，似乎终于拔除了眼中钉：只要晃彦不在，在成绩方面夺冠并非难事，还可以像以前一样，充分发挥自己的领袖特质。

这两种心情在勇作心中纠缠,他自己也无法明白真正的想法。

撇开这个不谈,当时有一件事可以确定——晃彦果然要继承乃父的产业。

勇作不太清楚晃彦在那之前的升学方向,因为他们两人从小学到高中都念同样的学校,晃彦显然不想进入所谓的私立明星学校。在勇作看来,有钱人家的公子千金自然会就读能够直升至大学的私立学校。然而,晃彦却和大家一样为升学考试努力念书,考上了当地公认的最好的公立高中。据说当有人问他为什么要那么努力,他这么回答:"我讨厌让自己的人生掌握在别人手中。我要做自己想做的事。"

他不会对父母唯命是从。

勇作曾想,那么,他就不会继承那家公司了,真是可惜。

听到留学一事,勇作认为晃彦还是要继承家业。从个性来看,晃彦不可能让父母为了他自己喜欢的事多花一毛钱。

然而,晃彦最终没有出国留学。到了二年级第三学期,这个计划突然宣告终止。

"听说是英国的学校不让他入学。"先前那个朋友不知道从哪里打听到小道消息,"今年冬天,他不是惹了麻烦吗?好像就是因为那件事。"

所谓的麻烦是指晃彦无故旷课。寒假结束、开学后不久,他有一个星期没来上课。大家事后才知道,那段时间他也不在家——他完全失去了行踪。

谣传留学计划终止,就是因为原本要收他的学校为此事而拒绝他入学。

但,这也不过是个无凭无据的谣言。没多久大家就知道,晃彦返校上课的第一天,便告诉老师他不想出国留学。

为什么晃彦会放弃留学计划?他到底为什么要旷课?

勇作和同学们对这些事情一无所知地升入三年级。

勇作就读的高中规定,学生在升入三年级之前必须决定念文科还是理科,然后再依照每个人的决定加以排班。

勇作念的当然是理科。当时,他已经抱定非统和医科大学不念的想法。

勇作在指定的教室里等候,同样以医学系为目标的同学和想读工科的同学陆续进来。他们的学校采取男女合班制,这个班级的女生只占了一成,而文科班正好相反。一想到从前的同学被一大群女生团团包围,勇作就觉得他们既令人羡慕,又显得可笑。

有人来到勇作身旁。他下意识地抬头一看,吓了一跳。竟是瓜生晃彦!勇作本以为他会进入女生云集的班级。

不晓得晃彦知不知道勇作心里的诧异,他瞥了勇作一眼,然后用冰冷的声音说:"请多指教。"

"这里是理科班。"勇作试探着说。

"我知道。"晃彦侧脸道。

"你不是念文科吗?"

晃彦面向勇作那边的脸颊抽动了一下:"我希望你别擅自决定别人的升学方向。"

"你不是要继承父亲的事业吗?"

"我说你,"晃彦一脸不耐地看着勇作,"可不可以别管别人的闲事？这跟你无关吧？"

两人互瞪了一会儿。这种场景到底出现过多少次呢？

"当然无关。"勇作移开了视线，"跟我一点关系都没有。"

两人又沉默了很久。

勇作嘴上虽说无关，心里却不可能不在意：为什么晃彦要选理科呢？

勇作试着不动声色地询问老师，晃彦想读的大学是哪所，但老师回答：他好像还没有决定。入秋之后，大部分学生都陆续决定了志愿。唯有晃彦的升学方向无人知晓，似乎连老师都摸不着头绪。

"因为他大概哪里都进得去。"勇作的朋友们说。显然，瓜生晃彦不管报考哪所大学的哪个科系，都一定会被录取。

新年后又过了很久，瓜生晃彦才决定志愿。这件事有如强风过境，飞快地在学生间传开。除了因为这事众所瞩目，其内容也令大家跌破眼镜。

他好像要报考统和医科大学——听到这件事，最惊讶的人大概就是勇作了。瓜生晃彦要当医生？还和自己报考同一所大学？

考试当天，勇作在考场遇见晃彦，原本打算碰到他也要假装没看见，双脚却不听使唤，朝他走去。而晃彦也没有拒人于千里之外。

"考得怎样？"勇作问。当时考完了语文和数学，当天还剩下一科社会，第二天是自然和英文。

"还可以。"晃彦转动脖子，模棱两可地回答，然后问，"你什么时候开始想当医生的？"

"大约初中时。"

"真早啊。"

"你呢?"

"不知道,是从什么时候开始的呢?"一阵冷风吹来,弄乱了晃彦的刘海。他边拨头发边说:"人的命运,冥冥之中都已注定。"

"你这话什么意思?"

"没什么,"他摇头,"考试加油!"说完,他就回考场了。

这是勇作和晃彦在学生时代的最后一次对话。

当时,瓜生晃彦身上一定发生了什么事情,而那件事情改变了他的命运。到底是什么呢?

勇作从椅子上起身。柏油路反射的阳光非常刺眼。他又在院内兜了一圈,然后离开了从前称为红砖医院的建筑物。

回到岛津警局,以西方为首的专案组主要成员正要离开会议室,四周充满了既紧张又亢奋的气氛。勇作的直觉告诉他,一定发生了什么事情。

"你们要去哪里?"一发现织田的身影,勇作便抓住他的衣袖问。

织田一脸不耐,粗鲁地回答:"瓜生家!"

"发现什么了?"

织田甩开勇作的手,脸上浮现出一抹讨厌的笑容:"白色保时捷和白色花瓣,我们要去抓瓜生弘昌。"

2

"为什么?!"

从玄关的方向传来亚耶子近乎惨叫的声音。在客厅的美佐子和园子闻声一同起身，女佣澄江也从厨房冲了出来。

她们跑到玄关，只见亚耶子将弘昌藏在身后。与她对峙的是以西方警部为首的数名刑警，勇作也在其中。美佐子看到他时，他也瞄了她一眼。

"请你们告诉我，为什么要抓这个孩子？他什么也没做啊！"亚耶子微微张开双臂护着弘昌，向后退了一步。

美佐子见状便明白了，原来西方他们是来带弘昌走的。

"他是不是什么也没做，我们警方自会判断。总之，我希望他能跟我们去一趟警局。"西方的语调虽然温和，却有一股不容抗辩的意味。他看着弘昌，而不是亚耶子。

"我不答应。如果有事的话，就请你们在这里讲。"亚耶子激动地摇头。弘昌不发一语地低着头。

"嘿！"西方故意叹了一口气，"那我就告诉你理由。"

"好，我倒想听听你怎么说。"亚耶子瞪着西方。

西方依旧不让自己的眼神和她对上，只问弘昌："你平常都是开那辆白色保时捷去大学上课，嗯？"

弘昌像是吞了一口口水，喉结动了一下，含糊地应道："是的。"

"那天，命案发生那天也是？"

"嗯……"

"好。"西方点头，看着亚耶子的脸说，"从案发至今，我们一直倾全力打听线索，结果找到了一个当天白天在真仙寺附近看到一辆白色保时捷的人。"

"不会吧……"亚耶子露出哭笑不得的表情，"因为那种小事，就怀疑我家弘昌，你们真可笑。白色保时捷路上到处都是。"

"没那回事。"西方立即予以否定,"那种车没有便宜到到处都是的地步,但这是主观的问题……不过,如果听到这个,夫人应该也能明白吧:那名目击者连保时捷座套是红色的都记得。这和弘昌先生的车相吻合。"

亚耶子顿时语塞,将脸微微转向躲在身后的儿子。听警部这么说,她心中肯定升起了不安。当事人弘昌苍白的脸上依旧毫无表情。

"说到这里,你应该明白了吧?来,请你让一步。"

当西方击败对方,昂然自得地这么说时,园子突然丢出一句:"他有不在场证明。"

四周的空气仿佛因她那锐利的语气而颤动,所有人的视线都集中在她身上。

"弘昌哥有不在场证明,不是吗?"她又说了一次。

西方一脸莫名其妙地说:"不在场证明?很遗憾,弘昌先生没有。从中午十二点到下午一点之间的一个小时,他行踪不明。"

"一个小时是不够的。"园子顶回去,"要犯罪的话,就必须先回一趟家拿十字弓,不是吗?要是先回家再去真仙寺的话,一小时根本来不及。"

她的眼神中充满了自信。美佐子不知道,这能否增加她这番话的可信度。

但西方警部盯着她的双眸,重重地叹了一口气,接着微微摇头。"我很清楚,你为什么那么自信地一口断定。不过很可惜,我们早就拆掉了防火墙。"

"防火墙?"

发问的人是亚耶子,西方看向她。"当我们开始怀疑弘昌先生时,不在场证明自然成了问题。诚如园子小姐所说,只有一小时并不可能犯案,所以其中可能有陷阱。经过一阵令人头痛的思索,才发现我们从一开始就被骗了。箭的确插在被害者的背上,而且那支箭与那把十字弓是配套的。不过,那支箭也不见得一定是由那把十字弓射出的。"

美佐子吃惊地张开嘴巴,亚耶子也做出相同的动作。但弘昌和园子却不见这种变化。

"仔细一想,其实很简单。只要这样握住箭……"西方一手握拳,用力挥出,"或者就像用刀一样从背后刺下,根本不需要用什么十字弓。弘昌先生那天只带了一支箭出门。当然,他事先制造了十字弓放在书房里的假象,这是一个单纯的陷阱。"

"须贝先生遇害的现场附近,有没有发现十字弓呢?"站在美佐子背后的澄江隔着她的肩膀发问。

美佐子回头一看,澄江的脸色变得一片惨白。

"有。就在距命案现场不远的地方。只不过,"西方说,"案发次日才发现。凶手可能是在犯案当晚才丢弃的。"

澄江低喃道:"怎么会这样……"她的声音中带着深沉的悲怆。美佐子不禁再度盯着她的脸。

"可是……可是,这样一来不是很奇怪吗?尸体一发现,警方马上就赶到这里来看十字弓在不在。当时,十字弓确实不见了。"亚耶子拼死抵抗。

但西方似乎早料到她有此一着,听她说到一半,就闭上眼睛开始摇头。"那也很简单。只要有人在警方来之前,事先将十字弓藏好就行了。"

149

"谁会那么做？根本不会有人……"亚耶子话说到一半，回头看园子，"是你吗？你那天从学校早退回家，就是为了这个？"

"不是。你别乱说！"园子泫然欲泣地叫喊，"你们有什么证据？这不过是你们胡猜的。"

西方的脸上出人意料地露出微笑。他仿佛打出王牌似的，从西装内袋拿出一个塑料袋。

"你们知道这里装的是什么？这是命案发生次日，在这个玄关发现的白色菊花花瓣。我们充分调查过相关人等的鞋子，命案当天地上并没有这种东西。所以我认为，在我们收队之后，回到这个家的人，去过某个有白色菊花的地方，花瓣粘在鞋子上被带了回来。符合这点的只有晃彦先生和弘昌先生两人。什么地方有白色菊花呢？"

他又将手伸进西装口袋，拿出一张照片。"这里是须贝先生遇害的现场，仔细看就会发现照片中拍到了脚边的白色花瓣，因为当时供奉在墓前的白色菊花散落一地。于是，我们将在这里捡到的花瓣和命案现场的花瓣进行比对，结果发现，两者是在相同条件下生长的同一种花。由此证明，晃彦先生和弘昌先生两人之一，曾经到过命案现场。"

西方脱下鞋子，走进屋子，站到低着头躲在亚耶子背后的弘昌面前。"我们也调查了晃彦先生的不在场证明。但不管怎么想，他都不可能有充分的时间作案。因此可能涉案的人就只剩下你了。好了，请你说实话。事到如今，再怎么抵赖，也只是白费力气。"

警部的声音响彻屋内。

在众人屏息注视之下，弘昌缓缓转头。他看着西方，如人偶般没有任何表情，只张开嘴巴。

"你们猜错了。"他低声道。

"猜错？猜错了什么？"西方焦躁地提高音量。

弘昌舔了舔嘴唇，用真挚的眼神看着警部。"我的确去过墓地，但凶手不是我。我到达时他已经被杀了。"

3

回到岛津警局，西方警部亲自对弘昌重新展开侦讯，之后再根据他的口供，向园子等人问话。

勇作在会议室里待命，按照自己的方式整理陆续传来的信息。有同事乐观地认定弘昌就是凶手，但勇作相信事情绝没有那么简单。

如果相信弘昌的口供，则事情的经过如下：

七七那天晚上，弘昌首次看见父亲的十字弓。当时，他心中尚未萌生任何杀人念头，只不过认为，那或许是一件用来杀人的简便武器。

对他而言，次日才是重头戏。

那天，他打算下午再去学校，早上便在自己房间里看书。

当他从二楼洗手间出来要回房间时，玄关传来声音。弘昌马上意识到，发出声音的人是父亲从前的秘书尾藤高久。

不久，弘昌听见亚耶子的声音，那和她平常的语调不同，好像有点激动、亢奋。尾藤问："只有你在家吗？"她回答："嗯，园子和弘昌都去上学了。"

弘昌站在楼梯上想，她一定是搞错了。吃完早餐后，母子俩一直都没碰面,她才认为弘昌也去上学了。

两人好像走上二楼,弘昌蹑手蹑脚地回到房间,然后隐忍声息,感觉亚耶子和尾藤从他房前经过,好像进了亚耶子的卧室。

他并非全没察觉母亲和父亲前秘书之间的关系,但不愿去想自己深爱的母亲和野男人沉溺于爱欲一事,所以故意视而不见。

弘昌想象那间卧室里正在上演的好戏。每个房间都有相当完备的隔音设备,整个家里鸦雀无声。即便如此,弘昌似乎仍能听见母亲将欲望表露无遗的喘息声和床铺咿咿呀呀的摇晃声。

不知过了多久,他走出房间,潜行至母亲的卧室门口,跪在地上,右耳贴在门上。

"……不行啦。"

他先听到了亚耶子的声音。那声音太过清晰,弘昌霎时还以为她是在对自己说话。

尾藤说了些什么,但听不见。

"因为,那不属于我嘛。"又是亚耶子的声音。

接着是尾藤的声音,但很低沉,从门的那一边传过来,更加模糊。

虽然不知道他们在说什么,但传进弘昌耳中的都是出乎意料之事。他们可能是完事之后在谈天。弘昌和刚才一样,悄悄回到房间。

又过了一会儿,隔壁传来亚耶子和尾藤走出房间的声音。弘昌将门打开一条细缝,偷看外面的情形。家里似乎又来了一个客人——须贝正清。

正清和尾藤的声音越来越近,弘昌只好关上门。亚耶子好像不见了。

两个男人在弘昌房前停下脚步,但他们的目标应该是对面直明的书库。

"那女人搞定了吧?"正清说。

弘昌不喜欢"那女人"这种说法,他指的女人肯定是亚耶子。不过,"搞定了"又是怎么回事呢?

"可拿走不太好吧?"这次听见的是尾藤的声音。

"无所谓,拿走就是我的了。"

"可是——"

"少啰唆,你只要去抱那女人就行了。那种笨女人只要有人抱,不管什么事情都会唯命是从。"

尾藤没再回嘴,不知道是同意还是无法反驳。

但隔着一扇门听他们对话的弘昌,却对正清大为光火。从两人说话的口吻听起来,尾藤和亚耶子发生关系,似乎是为了让她乖乖听话,而从他们的谈话内容来看,是正清在幕后操纵这些。

不久,亚耶子来到二楼,三人走进书库。十多分钟后,弘昌又听见他们的声音。

"你真的会马上还我吧?我不想再做出对不起这个家的事了。"

"你放心,社长不会食言。好了,太太,请你到楼下休息吧。"

在尾藤的催促之下,亚耶子好像下了楼。没过多久,传来开门的声音。

"我说得没错吧,她还不是乖乖听话?"正清的声音中带着笑意。

"可是社长,还是马上还回去——"

"没关系,你不用在意这个。我说过了,你要做的就是和那个欲求不满的寡妇上床,那女人便愿意为你赴汤蹈火。实际上,她也是这样背叛先夫和孩子的。"

"所以，我心里……很不好受，真的很不好受。"

正清低声笑了。"你没有什么好内疚的。她是上了点年纪，你就忍耐着点，抚慰她寂寞的芳心吧。"

那一瞬间，弘昌心中涌起了杀人的念头。自己最依赖的母亲红杏出墙的确令人反感，但一个巴掌拍不响，男女之事两人都有责任，所以弘昌不曾想过要杀死尾藤。但他不能原谅正清利用两人的关系，将亚耶子的心灵玩弄于股掌之间。再加上正清将亚耶子称作荡妇，使得弘昌胸中的怒火燃烧得更加炽烈。

弘昌下定决心，要杀死正清。

入夜后，弘昌先从阳台来到屋外，再伴装从大学放学，从玄关进屋。亚耶子笑着对他说："你回来啦。"弘昌觉得她的笑容非常肮脏。

次日就要将直明的艺术品分给亲戚，这个晚上必须着手准备。搬移完画作后，弘昌把园子叫到自己的房间。

"爸爸病死，妈妈变成那样，都要怪那个男人。"

弘昌告诉园子早上发生的事。她似乎和哥哥一样，深受打击。

"我要报仇，我要杀掉那个浑蛋！"

"可是，要怎么做？"

"我还在想。"弘昌打算在正清慢跑着去扫墓时，用那把十字弓的箭从背后袭击他。只要用箭往他背上一刺，警察肯定会认为是用那把十字弓射出的，进而认定无法偷到十字弓的人不可能犯罪。

"那么，我该做什么呢？"园子问。

"我希望你中午之前从学校早退回家，把书房里的十字弓藏起来。这样，警方应该会产生错觉，认为被偷走的十字弓就是凶器。"

"知道了。"她简短地回应，眼神中闪烁着一种异样的神采。

次日早上，弘昌用纸将箭包起来，再放入袋中，准备去上学。遇见园子时，他问："你下定决心了吗？"

"是的。"她答道。

其实，上午根本不该去上课。弘昌明明已经下定决心，仍不时感到害怕。他告诉自己："别犹豫！"再说，课堂上心不在焉是很危险的。

"瓜生弘昌那天的情况怎么样？""听你这么一说，他好像一直在沉思。"——他必须避免刑警与朋友之间有这样的对话。

弘昌佯装平静，等待中午的来临，确定大家都出去吃饭后才溜出大学。他没吃午饭，反正也没食欲。

开车到真仙寺约花了二十五分钟。弘昌将车停在不引人注目的马路边，由那里步行至墓地。被人看见也就罢了，但要是有人记得他就糟了，于是他一脸若无其事地走着。

幸好，抵达墓地前，没有遇到任何人。他想，真是走运。没问题，这个计划一定会顺利达成。

墓地并不是很大。弘昌打开纸包，取出箭，握在手里，慎重地举步前进。正清可能已经来了。

弘昌边观察四周的情形边前进。当他从一座坟墓旁穿过时，差点惊叫失声。

他看到了一幕异样的景象——一个男人紧抱着一座墓碑。他马上意识到那人死了，而且那还是一个他非常熟悉的人。

他提心吊胆地接近尸体。没错，正是自己想手刃的须贝正清。

弘昌往后退了一步。他不知道究竟发生了什么事情，更令他惊愕的是插在正清背上的东西。那正是他选来作为凶器的东西，和他此刻拿在手里的箭一模一样。怎么会有这么巧的事……

弘昌拔腿狂奔。他想,不管怎样,必须先离开这里,其他的以后再想。

他再度用纸将箭包起来,夹在腋下,从来路返回。必须赶快离开这里,而且不能让任何人发现。没想到,距离自己停车之处竟如此遥远。

弘昌偷偷摸摸地回到大学,到学生餐厅喝了一杯茶。当时午休时间正好结束,应该没人注意到自己。

究竟是怎么回事呢?

他越想越觉得不可思议,心头很不是滋味。居然有人抢先一步,做了自己打算做的事,而且用的也是十字弓箭。

无论如何,当务之急就是处理掉箭。要是被人知道自己带着这种东西,可就百口莫辩了。于是,他用石头敲打箭柄,将箭折成一团,丢进了不可燃的垃圾筒。

对了,园子……不知园子那边的情形怎样了?

弘昌假装不知情地回到家。家中果然已乱成一团。弘昌等到和园子两人独处时,才将事情和盘托出。

"啊?其实我今天进入爸爸的书房时,十字弓就已经不见了,我怎么找都找不到。就在我心浮气躁、一头雾水的时候,警察打来电话。我还以为是你下的手呢。"园子说。

"不是我,是有人抢先一步,偷走了十字弓,再用那个杀了须贝正清。"

听到哥哥的解释,园子用手托着额头:"真是令人不敢相信,竟然会发生这种事。"

"可不。"弘昌摇摇头,"不过仔细想想,说不定这样反倒好。"

"嗯……"园子仿佛察觉了哥哥的心情,点点头:"我也觉得这样比较好。我在学校的时候就想,有没有办法停止这个计划。毕竟杀人还是不对的,即使是要为爸爸报仇。"

"我也那么认为。"弘昌说。

但对他们而言,并非一切都事不关己。就算须贝正清是别人杀的,他们曾计划杀人的事实也未改变,必须隐瞒这件事。于是,他们决定按原计划准备各自的不在场证明。实际上,他的确没时间回家拿十字弓。

勇作认为这份口供没有说谎,他也希望弘昌说的是实情。勇作相信,在这起命案背后,一定隐藏着一个更重大的谜,能够一窥瓜生家不为人知的秘密。要是以少男少女一时感情用事而草草了结这起命案,他可不甘心。

此时,警方已对尾藤和亚耶子两人录完证词。根据他们的口供,两人是在直明倒下一段时间后才开始变得亲近。似乎是因为尾藤负责与公司联络,往返于瓜生家和公司之间,两人渐渐地彼此吸引。

"我们真的只是单纯地喜欢彼此,没有什么不良意图。我虽然对瓜生社长感到抱歉,却无法压抑心中对夫人的爱慕。"尾藤对负责听取证词的刑警这么说。

另外,关于弘昌偷听到的内容,尾藤的说法如下:

"须贝社长发现了我和夫人之间的事,想加以利用。瓜生家应该有第一任社长传下来的旧资料夹,须贝社长命令我设法弄到手。我问过夫人,可是她告诉我没见过那样的东西。不过,前几天晃彦先生在处理藏书的时候,我发现书库里有一个旧保险箱,我想,东西一定就在那里面。我向须贝社长报告，他马上表示要一探究竟。得知我们要擅自开启保险箱，夫人面露难色，但我还是说服她为我们打开了。里面果然放着须贝社长说的旧资料夹。我没看到里面的资料，不过瞄了一眼，好像看到了'电脑'这两个字。"

勇作对以上这段话非常感兴趣。这里出现的"旧资料夹"，肯定就是正清的妻子行惠看到的东西。

与此同时，织田和勇作负责听取亚耶子的证词。她得知弘昌是因为自己而被捕后，始终哭个不停。对于两人的询问，她回答得较为干脆。

"很久以前，我偶然知道了那个保险箱的开法。"她用手帕捂着眼睛，"有一次我有事进书库，看到保险箱上面放了一本备忘录，好像是转盘锁的密码。我想，大概是外子忘了收起来，于是抱着半开玩笑的心情试着打开保险箱。里面只放了一本旧资料夹。我不喜欢家里有我打不开的东西，就将那本备忘录藏在梳妆台后面。"

至于她和尾藤之间的关系，她则消极地承认了。尾藤拜托她打开保险箱，她虽然犹豫，但还是答应了，整个过程也和尾藤的口供一致。

"尾藤先生说他想看外子留下来的资料，但似乎也不知道是怎样的资料。我迟疑了一阵子，但心想反正也不是什么坏事，就打开了保险箱。当他说要带走资料的时候，也说了会马上还回来，我才会答应。"

说到底，亚耶子都是因为喜欢尾藤，才对他言听计从。这完全在正清的算计之中。正清不惜大费周章玩弄这种手段，也要从瓜生家弄到手的资料到底是什么呢？勇作确信那就是引发这起命案的导火线。

电脑……这到底是怎么一回事？

尾藤说他记得那本资料夹的封面写着"电脑"的字样。电脑指的是computer，这种说法最近也在日本流行起来；但考虑到那本资料夹的年代，它指的应该不是那个。

勇作突然想到这件事，出了会议室，走下楼梯。一楼的会客室里有部公共电话。他掏出电话卡，拿起话筒，一面注意四周，一面按下数字。不知道是否因为紧张，握住话筒的手微微冒汗。

响了三声之后，话筒里传来声音："您好，这里是瓜生公馆。"声音很沉稳。

勇作报上姓名，顿了顿才说道："上次不好意思打扰了。只有你在家？"

"嗯，是的。"美佐子回答。原来勇作是打电话到别馆。

"他……瓜生回来了吗？"

"刚回来，在主屋。"

勇作想，这个电话打得正是时候。

"我有事要问你，是有关瓜生的事。"

"什么事呢？"

"他为什么不继承父业，跑去当医生？而且还专攻什么脑医学，这是为什么？"

对方沉默良久，勇作眼前仿佛浮现出美佐子困惑的表情。

"你的问题还真怪，"她说，"那和这次的案子有什么关系吗？"

"细节我现在还不能说，但可能有关系。"

美佐子再度沉默了。或许她正在想，会有什么关系呢？

"弘昌呢？"

"跟他无关。这起命案背后潜藏着更深的秘密。当然，等真相大白了，我会告诉你。"

美佐子还是没有回应，勇作耳边只听得见她的呼吸声。

"很遗憾，"隔了好一会儿，她总算开口了，"我无法回答你的问题，因为我完全不知道他心里在想什么。"

她的口吻听来有点自暴自弃。勇作将话筒紧紧压在耳朵上。

"那么，他的工作和这次的事情有没有以某种形式产生关联呢？比如，须贝正清对医学提到过什么。"

"我想应该没有……"美佐子似乎没什么回答的意愿。但没隔多久，勇作听见她嘟囔了一声。

"怎么？"他立即问道。

"嗯，虽然这可能没什么大不了的，我想起了七七那天晚上，须贝先生和外子的对话。他们讲的内容很奇怪。须贝先生好像说他希望外子在工作上助他一臂之力。外子问他：'为什么想让医生帮忙呢？'结果须贝先生回答：'你并不是普通的医生。'"

"哦？"

这段对话的确很奇怪。如果晃彦不是普通医生，那会是什么呢？

"此外他们还说了什么？"

"什么也……"

他感觉美佐子好像在歪着头思索。过了将近一分钟，她才说："对了，他们聊到须贝先生去见了某所大学的教授。我记得是一所有名的私立大学。我想想，是哪一所呢？"

勇作举出好几所大学的名字。当他说到修学大学时，美佐子有了反应。"没错,就是修学大学。他去见了那里的前田教授。"

"须贝去见他……"勇作低喃道。他向美佐子道谢,挂上电话,然后又打到查号台询问修学大学的电话号码,接着按下按键。

"您好,修学大学。"

一个中年男子浑厚的声音响起,大概是警卫。仔细一想,此时并不是女接线员接听电话的时间。

勇作报上姓名后,男人回话的语气有了些许变化。"请问有什么事吗?"

"我想请问几件事情,不知贵校有没有一位前田教授?"

"我找找,请您稍等……啊,前田教授吗?他今天已经回去了。"

"没关系。他是什么系的老师?"

"嗯……医学系。"

勇作感觉手心微微冒汗,果然没错。

"请问,你知道他从事哪方面研究吗?像是癌细胞或者病毒之类……"

勇作话说到一半,听到对方的苦笑声。

"很遗憾,我不清楚。啊,不过,如果要问他上些什么课,我查课表说不定会知道。"

"麻烦了。"勇作看着电话卡的余额,还有一点时间。

"我只找到一节课的名称。"对方的回答出乎意料的快,"内容不清楚,课名是神经心理学。"

"神经心理学?"勇作握着话筒,在心中复诵这个陌生的词汇。

第五章　唆使

1

亚耶子从警察局回来后，整个人仿佛在几个小时内老了十岁，出现了黑眼圈，皮肤也完全失去了弹性，让人怀疑她是否因哭得太过而脱水了，然而眼泪却没有干涸。美佐子一唤她，她的泪水便又像决堤般汹涌。她瘫坐在沙发上，澄江轻轻将一张毛毯披在她的背上。

"太太，没事的。少爷他一定……嗯，他一定会回来。心地善良的少爷不可能因为杀人被捕。"澄江也哽咽道。

美佐子知道，当澄江听到弘昌招供时，曾在厨房里暗自啜泣。

看到亚耶子仍泪流不止，一直在家庭式吧台喝白兰地的晃彦拿着玻璃杯走了过来，对她说道："要哭待会儿再哭，先把事情交代清楚。你说，为什么弘昌会被逮捕？弘昌对此说了什么？还有，警察问了你什么？你又怎么回答？"

"你何必挑这个时候……要问也得等妈心情稍微平静下来时再

问啊。"

美佐子从沙发上起身对丈夫说道,晃彦却狠狠灌了一大口酒,对她怒目而视。"要想救弘昌就得尽早想办法,要是迟了,只会后悔莫及。"

晃彦又向亚耶子走近一步。"来,说吧。把事情全部说出来,不然我们无从研究对策。"

亚耶子抽动的背部渐渐平静下来。她抬起头对着晃彦,脸上的妆都哭花了。"你救得了弘昌吗?"

"那就得看妈的表现了。"

说完,晃彦要美佐子再倒一杯白兰地。她照做之后,他将酒杯递给亚耶子。

亚耶子借酒精的力量使心情稍微平静下来,缓缓道出在岛津警局里的对话。她先从弘昌的犯罪计划讲起,说他们原先是想不用十字弓,而只用箭杀害须贝正清。

"弘昌并没有拿走十字弓?"

"嗯,应该是。"

"他居然想出了那种花招……"晃彦痛苦地皱起眉头,仿佛在思考什么,然后提出一个疑问,"可是,从伤口的情况难道无法判断箭是用十字弓射出,还是用手插入的吗?"

"警方接下来会调查,不过刑警先生说,大概没有办法断定伤口是由何种方式造成的。"亚耶子抽抽噎噎地回答。

"知道了。弘昌他们的犯罪动机是什么?"

亚耶子顿时犹豫地低下头,但随即又抬起来,说出了命案前一天让尾藤和须贝正清进屋的事情。当然,她也提到了自己和尾藤高久之间的关系。事情都到了这个节骨眼，听的人也没有什么好意外的了。

她坦白说，自己受尾藤所托，打开了直明的保险箱。"那个时候，我根本没想到弘昌就在隔壁房间偷听。我一心以为那孩子去上学了。"

美佐子忽然想起了一件事。须贝正清到家里来的那天，停车场里停着那辆白色保时捷。她当时还想，真稀奇，弘昌今天居然没有开车去上学。

"弘昌想杀须贝先生，是因为对妈受辱感到愤怒，嗯？"听亚耶子说完，晃彦再次确认。

"似乎是……"亚耶子无力地点头。

"关于须贝想要的资料……也就是保险箱里的东西，弘昌知道多少？"

"这个我就不清楚了，不过他应该不知道。因为尾藤先生也说，须贝先生什么都没告诉他。"

"是吗？"晃彦以手托腮，像在思考着什么。

"放在保险箱里的资料是什么呢？"美佐子问。

"不知道。我曾经瞄过一眼，好像是跟公司有关的东西，说不定是瓜生家掌握公司实权所需的东西。事到如今，就算交给须贝，对大局也不会产生多大影响。不管怎么说，跟这次命案没有直接关系。"

晃彦露出一脸不感兴趣的表情。美佐子却觉得他心里想的不是那么一回事。

"啊……"她猛然间想起了一件事，不禁轻呼出声。

晃彦看着她，问："怎么了？"

"没……没什么。对不起。"她慌张地摇头。

为什么到现在才想起来呢?美佐子想起在命案前一晚,搬完直明的艺术品后,从书库里出来的晃彦问了美佐子一件事——今天有谁来过吗?当他听到美佐子回答"须贝先生来过"时,表情变得非常严肃。他当时就知道保险箱里的资料被抢走了,而那份资料绝不是无关紧要的东西。至少对他而言不是……

美佐子看着晃彦凝神为弘昌思考对策的侧脸,背脊感到一阵凉意。

她想逃离客厅里令人窒息的气氛,站起来说:"我去泡茶。"这时,对讲机上的门铃突然响了。

澄江接起话筒,本是小声应对,突然高声道:"啊?小姐……"

亚耶子第一个起身。继她之后,美佐子他们也往玄关走去。

亚耶子一打开大门,便看见跟在警官身边、往门口走来的园子。

园子马上冲入她的怀抱。

"妈妈……不是弘昌哥,人不是弘昌哥杀的。"

"嗯,我知道,我知道。"亚耶子频频抚着抽抽搭搭哭个不停的女儿的头发。

警方将弘昌送进了拘留所,但认为没有必要拘留园子,于是让她回家。不过,今后的监视想来将更加森严。

亚耶子似乎想让女儿及早上床休息,晃彦却不允许。他用比对待亚耶子更严厉的语气反复询问一堆细节。

"弘昌看到须贝先生的尸体,什么也没做就直接折返了,对吗?"晃彦执拗地确认。

园子垂头丧气地点头。

"放心啦，警方一定很快就会弄清真相。毕竟，他的说辞没有任何牵强的地方。"美佐子安慰小姑子。

她的确这样认为，但晃彦的表情严肃依旧。

"说辞牵强不牵强，对警察来说都一样。"晃彦语调冰冷地说，"要是这样就相信嫌疑人，就不会有人被逮捕了，他们只相信证据。"

"我没有说谎啊。"园子哭红的双眼瞪着晃彦。

"若证明不了弘昌的清白，一切都是白费功夫。说不定警方认为园子的说辞不足以采信，因为园子只是忠实转述从弘昌那里听来的话。"

"你的意思是园子也被弘昌骗了？"亚耶子尖声说道。

"我只是说，警方在思考这种可能性。警方放园子回来，终究还是认为弘昌本人的口供最重要。"晃彦再度盯着园子的眼睛，"你仔细想想！有没有什么办法能够证明弘昌的说辞？能够救他的，就只有园子你了！"

晃彦半威胁的口吻让园子缩起了肩，一双水汪汪的大眼睛游移不定，一副拼命思考的神情。美佐子真切地感受到她想帮助弘昌的心情。

然而，最终园子双手抱头，苦恼地用力摇头，喃喃道："不行，我什么也想不出来。我……我只是衷心地相信弘昌哥说的话。"

亚耶子不忍地抱住女儿。"没关系的，小园。已经够了，一切都要怪妈不好。我说晃彦，你暂时就先放过她吧，今天晚上就问到这里，让她去休息。"亚耶子恳求道。

晃彦脸上闪过一丝痛苦的表情，拿着白兰地酒杯站了起来。亚耶子当他同意了，搂着园子的肩，走出了房间。

美佐子看着丈夫的背影。

晃彦将臂肘靠在家庭式吧台上，沉默不语。

2

弘昌在口供中提到，须贝正清从瓜生家的书库拿走了资料。于是次日早上，织田命令勇作和他一同前往 UR 电产总公司，调查那些资料是否存在，以及内容为何。

"我认为那并不值得费心调查。"在公司正门领取访客单后，织田意兴阑珊地说。

"可是，我们需要证实口供的内容。"

"要证实并不容易，但就算证实了也无济于事。重点在于下手的人是不是弘昌。"

织田在西方面前分明答应得很爽快，现在却大发牢骚。他大概觉得这是一份吃力不讨好的工作。勇作决定不予理会。他认为调查正清拿走的资料是当务之急。

UR 电产的办公大楼是一栋米白色的七层建筑，从正门玄关进去后，左边是宽敞的大厅。勇作往大厅前方的前台走去。那里并排坐着两名身穿橘色制服、五官端正秀丽的年轻女子。

勇作说："我想见松村常务。"

对方请教姓名，他回答："织田与和仓。"

虽已事先约好时间，不过，松村要他们来访时不亮明警察身份。

勇作他们选择找松村显治问话，是因为听说他是瓜生派中唯一没有"变节"的人。勇作推测，向松村这样的人询问瓜生直明珍视的资料，可能会获知详情。

前台小姐用内线电话联系后，请他们到五号会客室等候，那是大厅后方的一排会客室之一。

"这里简直就像酒店大厅嘛。如果来这样的公司，当上班族也不赖。"织田边走边仔细地观察四周。

"大概只有门面能看。"勇作说。

约四叠半的小房间里只放了一套待客用的简易沙发。两人在会客室等了约五分钟，传来了敲门声，随即出现了一个脸圆、体形也圆、看起来敦厚老实的男人。

"我是松村。"来人拿出名片。

"不好意思，百忙之中前来打扰。"勇作说。

"没关系，我也没有忙到那个地步。命案调查得如何了？不可能逮捕弘昌先生之后，就破案了吧？"松村似乎已经知道瓜生弘昌的事，主动发问。他好像颇擅言辞，从他径直称呼"弘昌"来看，他和瓜生家关系颇为密切。

"还不清楚，接下来还要调查。"织田回答，"既然逮捕他，就表示我们握有相当的证据。总之，我们要根据瓜生弘昌的口供确认一些事情。今天来访的目的也是如此。"

"哦，我想也是。"

"我们首先想确认一事。须贝先生从瓜生家拿走了某项资料。"

受访对象一出现，原本毫无干劲的织田便将勇作晾到一旁，开始问话。他是一个不论什么事情都非得带头才甘心的人。

织田将事情经过说明一遍后,问道:"怎么样?你对那样的资料有没有印象?"

"嗯,"松村抱起胳膊,敲着脸颊,"我从没听过有那种东西,这莫非是个误会?"

"可是,须贝先生的确从保险箱里拿走了什么。"

"不过,"松村仍旧否认,"那个保险箱我也见过一次,里面放的文件并没什么大不了的。我不认为须贝社长得到那样的东西会觉得高兴。"

"能不能请你告诉我,里面放了什么文件?"

"那倒是无妨。不过我想讲出来之后,你们的期望一定会落空。嗯……有从前的决算报表、员工名簿,还有……"

勇作和织田一起将松村列举的项目记录下来,但勇作越听越觉得记录这种东西没有意义,他记到一半便停下了,看着眼前这位个子不高的胖男人。从对方的表情中,看不出他是真的一无所知,还是明明知道却在装傻。

"嗯,我想大概就是这些。"说完后,松村将双掌交叠在啤酒肚上。

"还有没有?"织田问。

"很遗憾,我只记得这些。"

"你知不知道一本写着这个词的资料?"勇作插嘴问道,"电脑——电气的电,脑髓的脑。"

"哦……"松村表情依旧,只动了动嘴巴,"是电和脑吗?是指 computer 吧?我对这方面一窍不通。"

"你真没有印象?"

"我应该回答'没有'比较好吧?当然,如果是指 computer 的电脑，我倒是在很多场合都听过。"松村面露微笑。

勇作盯着他交叠在啤酒肚前的双掌。刚才他听到"电脑"的时候，勇作看见他的指尖抽动了一下。

"看来松村先生是不知道，"织田接着说，"但不管怎样，我认为须贝社长打算拿到某项资料，想做些什么。你有没有听他说过，最近要投入什么新的事业领域？"

"我没听说。"松村平静地说，"须贝社长应该在考虑许多事情，但我没有听到任何具体计划。"

"一点风声也没有？"

"完全没有。"松村微微抬起头，像是在用鼻孔对着他们，断然道。

织田和勇作不好进一步逼问，反倒是松村开口道："对了，你们警方应该会还弘昌先生清白吧？我今天早上打电话到瓜生府上，据我所知，你们根本没有证据断定弘昌先生就是凶手。"

"他本人已经承认有杀人念头，而且去过命案现场。"织田说，"不过，他说抵达现场时，须贝先生已经死了。这种事情只要稍微动动脑子，就能判明真假。"

松村靠在沙发上，用一种略带戏剧性的语调说："事实可是比小说还奇怪！弘昌先生根本不可能不用十字弓，直接用箭行刺。须贝社长可精通武术，一接近就会被他察觉。"

专案组中也有人提出相同意见，勇作也有同感。

"但我认为，以坟墓为掩护接近须贝先生也不是不可能。"

织田反驳，但松村摇头。

"即便如此，也不可能欺近须贝社长，弘昌先生并不是动作敏捷的人，要是在间不容发之际被社长发现，不就玩完了吗？你们警方还是应该考虑,是谁从坟墓后面瞄准社长的背部放箭。"松村用食指对着织田,摆出一个射击的动作。

两人与松村告别、离开会客室后,再度前往接待大厅,这次指名要找专任董事中里。长发一丝不苟地扎成马尾的前台小姐露出了诧异的表情。

"专任董事请两位到他的办公室。"前台打完电话后说。

搭上电梯,织田问勇作:"你觉得松村怎样?"

勇作有些吃惊,他这可是第一次主动征求自己的意见。"什么怎样?"

"嗯,我总觉得有点不对劲。"但织田又不说是哪里不对劲,只是不发一语地看着楼层显示灯。

干部的办公室集中在三楼。下了电梯没走几步,就出现了一间标明"专任董事"的房间。织田确认贴在门上的一张小名牌写着"中里",便敲了门。

替他们开门的是一名年轻女员工。坐在窗边桌旁的男人说着"哎呀,你们好",站了起来。

中里和松村正好相反,长身瘦脸,像个老派的中年绅士。勇作从他戴在脸上的金属框眼镜,联想到夏目漱石的《少爷》中一个绰号"红衬衫"的角色。

室内除了他的办公桌,还有一张桌子,一定是那名女员工的,这令勇作心中五味杂陈。美佐子从前也曾像那名女员工一样,在瓜生直明的办公室里工作,因而和晃彦结婚。

中里命令女员工离开办公室。勇作和织田并排坐在房间中央的一张长椅上,中里坐在他们对面。

"不好意思，请你们的问题简短一点，我还得去参加葬礼。"

"须贝社长的？"织田问。

"当然。今天去的主要都是亲戚，公祭会另外举行。"

"真是辛苦。"

"是啊，谁叫他们走了一个又一个。"然而，中里的脸上却没有不满或不安的神色。上头的人接连过世，对他们应该不只是坏事。

中里拿出香烟抽了一口，织田开口了。他和询问松村时一样，依序发问。当他提到资料一事时，中里的眼神闪了一下。

"资料？那是什么？"

这一瞬间，勇作想，这个男人是真的不知情。

"我们就是因为不知道，才会向你请教。"织田的话中露骨地表示出警方也不知情，以及他心中的不悦。

中里表示，别说资料，他连瓜生家的保险箱都没见过。

"呃……"织田改变问话的内容，问中里有没有听说须贝正清最近要投入新的事业领域。中里不属于瓜生派，而是须贝派。从血缘来看，他是正清的表弟，照理说该清楚正清最近的动向。

中里接连不断地吐了好几口烟，像是自言自语："他最近倒是提了一件有点奇怪的事情，好像是什么差不多该计划脱皮了。"

"脱皮？什么意思？"织田问。

"详细内容我们也没听说，他只说会在近期告诉我们。"

"你什么时候听到这件事的？"勇作问。

"我想想，大概半年前吧。"

"半年……那是在瓜生先生去世之前。"

勇作推测，须贝正清会不会是察觉到瓜生直明死期将近才会那么说。

"关于那个脱皮计划,他有没有说过什么提示呢?"中里又叼上一支烟,织田边用自己的打火机替他点火边问。

"这个嘛,"中里侧着头将烟吐出,"好像是一个相当长期的计划。他甚至还跟我讨论该采取什么步骤扩大基础研究部门。"

"基础研究?"

"嗯。我的推论是,他好像将目光锁定在尚未开发、但有前景的技术上。"

"在开发那项技术之前,须贝先生是否曾和某所大学接触过?"勇作这么问是因为想起了修学大学的前田教授。

"说不定有。"中里说,"不过,他对那方面的事情还挺保密,可能一个人偷偷地进行。尾藤他们那帮人有没有说什么?"

"尾藤先生什么也没说。"

"是吗?或许吧。"中里意有所指地撇了撇嘴,"尾藤原本属于瓜生派,就算须贝社长想利用他,大概也不会完全信任他。说到大学的关系,他可能会拜托池本他们。"

"池本?"

"就是开发企划室的室长,我打电话问问。"

中里将一旁的电话拉了过来,通过总机转给池本。从他们的对话来看,池本果然介绍了几位大学教授给正清。池本似乎决定马上过来。

"池本是须贝社长夫人的远亲,年轻归年轻,做起事情却干净利落,须贝社长好像也很器重他。"

那个叫池本的男人不久就出现了。他身材短小肥胖,但感觉身手很矫捷。

"这件事情，须贝社长要我不能说。"勇作一发问，池本马上弓身说道。

"我们会保密的。"织田悄声说。

"那就万事拜托了。反正最重要的社长也去世了。"

池本煞有介事地拿出一张白纸，将人名写在上面。织田看着白纸，朗声念了出来。

"梓大学人类科学院相马教授、修学大学医学院前田教授、北要大学工学院末永教授，这三位吗？"

"是的。社长要我负责联系，让他和这三位教授见面。很奇怪的组合吧？工学院倒还能理解，其他的就……"

"这几位教授从事的是哪方面的研究？"

听到勇作这么一问，池本偏着头思索。"这我就不太清楚了。不过，我听说这位相马教授教的是心理学。"

"心理学……"

之前修学大学的警卫说，前田教授教神经心理学。

勇作觉得脑中的拼图又拼上了一片。

3

两人离开 UR 电产，回到专案组时，只有西方一个人在打电话。

等他说完，两人并排坐到他的办公桌前，由织田报告在 UR 电产调查到的结果。西方的表情有些阴郁。

"老实说,我觉得很莫名其妙。"西方用食指笃笃地敲着桌面,"假设须贝正清考虑投入某种新事业领域,难道他是为此才想到收藏在瓜生家保险箱里的资料吗?企业的事我是不太懂,但那种几百年前的资料派得上什么用场?"

"嗯……我也不清楚。"织田缩了缩脖子。

西方重重地叹了一口气,从椅子上起身。"前几天你们去过须贝家,我想再调查一次须贝正清从瓜生家拿走的资料,刚才又让他们去了一趟。现在还没有回复,看来是没找到。"

"我想须贝一定是将东西带回了社长室,所以今天曾和中里专任董事交涉,希望他让我们查看社长室,但他说那里是机密重地,拒绝了。不过,他们表示会代为调查。"

听到织田的报告,西方的脸上浮现一抹复杂的笑意。"就算东西真在社长室,UR电产也不会轻易让我们看。那应该是很重要的东西。"

"他们或许会说:'资料是找到了,不过我们不想公之于世。'"

"没错。那些资料的内容目前和命案并没关联,所以我们也无法强迫他们。"

西方似乎有几分放弃了。

"以前我也有提过,"勇作向前跨出一步,"须贝遇害当天,瓜生晃彦去过须贝家。有没有可能是他当时发现了那个档案夹,前去取回?"

西方盯着空中的某一点,又将目光转到勇作身上。

"瓜生晃彦知道须贝偷走了资料?或者是当他去须贝家时,正好发现了那份资料?"

"我不知道是哪种情形。"勇作虽这么说，但他相信应该是前者。

"嗯。"西方缩起下巴，"其实，我今天一早派人去问过晃彦先生。他说完全不知道须贝拿走的资料是什么，他好像很久没打开过保险箱了。"

"这实在很难让人相信。"

"他说那是个古董保险箱，平常也不使用。就算我们不相信他的说辞，也没有证据拆穿他。"

"我想搜查他家。"

织田咋舌道："胡说八道！你凭什么一口咬定东西在瓜生晃彦家里面？"

"再说，"西方也开口，"这和找凶器不同。就算找到那份资料，也未必就会对调查有帮助。"

"这我很清楚，问题是……"勇作其实想说"你们在兜圈子时，真正的凶手早就逃逸无踪了"，但他隐忍了下来。

"对了，弘昌那边后来进展如何？"织田问。

"还在苦战中。"西方话说到一半，脸色暗了下来，"弘昌并不打算改变口供。今天早上我们又找来园子问了一遍，她也是一样。"

"这两个孩子还挺倔强的。"

"专案组的人一致认为，园子说的应该是实话。"

"只有弘昌一个人在说谎？"

"以目前的情形看是这样，不过根据最近接获的消息，他说的也不见得全是假话。"

西方拈起桌上的报告，递给织田。原本坐在会议桌一角的勇作也走到他们身边。

"凶手如何处理十字弓是一个问题。假设弘昌是凶手，他实际作案时没有使用十字弓，园子将弓藏在瓜生家的某个地方，丢弃十字弓的时间应为当天半夜。这是因为我们在命案发生后和次日一早派了大批警力前往瓜生家，他们应该没有机会丢弃十字弓。"

"嗯……不过，如果他们就是在半夜丢弃了十字弓，会有什么问题？"织田一脸诧异地问道。

"说不上有什么问题，不过……据说那天夜里，附近派出所的巡警巡逻得相当频繁。虽然不是有人一直在监视，但他们认为，如果有车从瓜生家大门出去再回来，他们不可能全未察觉。"

"我觉得这种说法合情合理。"勇作加重语气。若不先推翻弘昌是凶手的说法，这件案子根本就不用往下办了。

"关于箭插入的情况，鉴识的结果如何？"织田问。

"两者差距不大，但结果是否定的。"西方说，"首先是插入的深度。鉴识人员认为要用手将箭插入死者的身体并不容易，当然，要用手插到那种深度并非不可能。不过，伤口四周的皮肤好像因箭的力道而微微翻起。"

"翻起……是什么意思？"

"箭会像电钻一样，旋转着射进身体。"西方将自己的手臂比作箭，转动手腕向前探出，"据说这是以十字弓击出的箭的特征。为提升命中率，箭会旋转着飞行。箭的尾端装了三根羽毛，就是为了做到这点。"

"那么，箭是以十字弓发射的……"

"鉴识人员似乎这么认为。"西方将文件往桌上一扔，重重地叹了一口气。

勇作内心窃喜，自己想的果然没错，看来杀害须贝的并非弘昌。

这时，织田进一步发问："假设箭是以十字弓射出，鉴识人员对于发射的角度和距离有没有提到什么？"

勇作心中一凛。织田明明认定弘昌是凶手之一，此时说话的口吻却像是在支持鉴识人员的见解。

"没有，他们对此还不清楚。这有问题吗？"

织田缓缓抱起胳膊，将视线移向窗外，说："不，我没有什么特别的意思。"

4

雨从一早就开始下，滴滴答答地一直持续到傍晚。或许是这个原因，音响的调频广播一整天都信号不良。美佐子趁喜爱的古典乐节目中断时将广播切换至CD。她最近都将莫扎特的CD放在音响中，心情不好时就聆听。

美佐子停止编织，看了一眼日历。弘昌被拘留已有三天，她完全不知道警方的调查进展得如何。晃彦好像经常和律师见面，但美佐子并不指望他会在有结果之前告诉自己什么。因此，她总是从亚耶子那里得知相关消息，但亚耶子从昨天开始卧床不起。园子也整天关在房里，不肯出门，因为只要离开家门一步，就有警察尾随。

此外，这两天也不见女佣澄江的身影。或许她是提不起劲，连外出都嫌麻烦。美佐子也是同样的状态。

近期会不会有进一步的发展？还是案情会这样永远陷入胶着？

美佐子总觉得,这个家或许会就这么分崩离析。

她做了一个深呼吸,想甩开不祥的预感,玄关的门铃忽然响起。美佐子用一种连自己也觉得笨重的动作缓缓起身,拿起对讲机的话筒。

"我是岛津警局的和仓。"

耳边传来了令人怀念的声音。虽然才三天没听见,却令她分外想念。

"我马上开门。"美佐子以一种和刚才迥异的利落动作打开大门。勇作和平常一样身穿墨绿色衬衫,脸色有些僵硬地站在门前。

"你一个人?"美佐子看着他的四周。

"是啊。你呢?"

"我也是。"

美佐子和之前一样带他到客厅,窗帘早已拉上。

美佐子泡完茶,勇作问:"莫扎特?"

"你很清楚啊。"

"当然清楚。只要是你喜欢的东西我都记得。"

勇作边说边关掉音响。突然间四周变得寂静无声,美佐子将热水注入茶壶的声音听起来仿佛更响亮了。

"我马上就得走,"勇作说,"希望你听我说几句话。"

"好。"美佐子一面回答,一面将茶杯放到他面前,然后抱着托盘坐在对面的椅子上。

勇作喝了一口茶,说:"我在找须贝正清从这里的保险箱中拿走的资料,却怎么也找不到。"

"这件事,我听别的刑警先生说过了。"

"我认为那些资料在瓜生手上。"

"在我先生手上？"

勇作点头，然后像取暖似的用双手握住茶杯。"须贝遇害后，瓜生去过须贝家，我认为他有充分的机会夺回资料。而且他去须贝家就是为了这个目的。"

美佐子盯着勇作直瞧，稍微犹豫了一下，道："说不定就是那样。"

"说不定？"

"他好像知道保险箱里面的东西失窃了。"

美佐子坦白告诉勇作，须贝来这里的那晚，晃彦带着一种锐利到令人心惊的眼神问："今天有谁来过？"

"一定没错。"听她说完，勇作说道，"瓜生当时就知道资料被须贝正清抢走了。那是不能被他抢走的东西，所以瓜生为了夺回资料——"

美佐子很清楚他硬生生吞回肚里的话。勇作想说的应该是"杀了须贝正清"。

美佐子摇摇头。"我不愿……想到那一步。"

"……我想也是。"

"那么重要的资料究竟是什么呢？"

"如果弄清这一点，我想谜底就解开九成了。那也是非杀死须贝不可的理由，不过，还有几个谜底我一直想知道。"

勇作告诉了美佐子二十几年前那桩离奇的命案，以及在这次事件中的新发现。每件事都令美佐子惊诧不已。

勇作从外套内袋拿出一本对折的笔记本，那好像年代相当久远，边都磨圆了。"这个先寄放在你这里，是它将我卷入了这一连串的事件。如果可以，我希望你理解我的心情。"

美佐子拿起笔记本。陈旧的封面上写着"脑外科医院离奇死亡命案调查记录"。

"这也是我父亲的遗物。"他说。

"我会找时间看。"美佐子将笔记本抱在胸前，"那么，我该做什么才好？"

勇作凑近她。"我希望你务必将那份资料弄到手，我相信那个东西在瓜生手上。我想拜托你的就是这件事。"

勇作的眼神很认真。美佐子想，虽然自己和晃彦已是貌合神离，但若答应了这件事，将会跨越心头的最后一道防线。

但勇作接下来说的这句话，却将她心中的迷惘一扫而空。

"说不定也会知道你说的命运之绳的真面目。"

"命运之绳……是啊。"

美佐子想，说不定真是如此，这或许是一个知道瓜生家秘密的机会。

"那些资料可能就在他房里。可是他将门上了锁，我进不去。"美佐子说。

她心里感到一种无法言喻的羞耻。进不了丈夫房间的妻子，哪还称得上是妻子呢？

"锁……哪种锁？"

"按下门把正中央的按钮，关上门就会锁上的那种。"

"噢。"勇作点头，"那种锁很容易打开。"

"怎么开？"

"假设这是外面的门把，"勇作伸出左拳，右手呈手刀状在上头敲打几次,"用坚硬的东西这样用力敲打几次,那种锁经常就会因外力而打开。"

"真的吗?我下次试试好了。"

"拜托你了。"

"嗯……"美佐子咬住嘴唇,下定了决心。她想,已经没有后路了,"那些资料有没有什么记号?"

"特征是又旧又厚,我还知道部分资料名,其中包含电脑两字。"

"电……脑?"

"电气的电,头脑的脑。"

"噢,"美佐子会意了,"又出现'脑'了。"

"是啊,又是脑。"勇作也说。

结束秘密协议之后,他马上起身,表示还有工作要做。

"资料到手后,你跟我联系?"

"嗯,我会的。"

勇作在玄关穿鞋时,大门毫无预兆地打开了。美佐子不禁屏住了气息——站在那里的正是晃彦。

"你……"

"瓜生。"

两人同时开口。

晃彦说道:"嘿,今天吹的是什么风啊!你来打听案情?"他走进门。

"我有很多事情想确认。"

"哦?你们警察还真喜欢'确认'这两个字。"晃彦啐了一句,看着美佐子说道,"他就是我不久前说的那个同学,他有没有跟你

183

提起这件事？"

"提起过。"美佐子回答。

勇作走过晃彦身边，向美佐子点点头。"告辞了，非常感谢。"

"能不能请你等一下？我有话想问你。"晃彦挽留他，"是有关弘昌的事。老实告诉我，现在的情况怎么样？"

仿佛震慑于他真挚的眼神，勇作眨了眨眼，然后回答："一半一半吧。"

"哦……"

"那么，我告辞了。"勇作正要离开，转念一想，又回过头来对晃彦说，"你真幸福，讨到一个好老婆。"

那一瞬间，晃彦的身体仿佛被人用力往后推了一把。勇作再次低头行礼，随即离去。

5

山上鸿三，这是在上原医院打听到的人，他家位于坡道起伏的住宅区里。马路铺整得很平坦，但车流量不大。就这点而言，这里应该很适合居住。只是这里离车站有段距离，又不容易拦到出租车，一旦像勇作一样没赶上公交车，就只能走路走得汗流浃背。

山上鸿三据说和上原雅成很亲近。

好不容易抵达山上家，勇作穿上途中脱下的西装，按下玄关的门铃。那是一所前院种满了花草树木、古色古香的房子。

在玄关相迎的是一位瓜子脸、气质高雅的妇人。勇作已经打电话约好时间,他一报上姓名,妇人马上笑容可掬地请他入内。

"真是不好意思,提出这种不情之请。"

看到勇作过意不去的样子,妇人满脸笑容地摇头。"自从接到刑警先生的电话之后,我爷爷简直坐也不是,站也不是呢。能够聊聊往事,他高兴得不得了。"

"那就好。"

沿面朝后院的走廊没走几步,妇人在第二间房前停下,隔着纸拉门通报勇作来了。

一个爽朗的声音传来:"请他进来。"

"打扰了。"

"哎呀,你好你好。"

山上鸿三像是一个上了年纪的文艺青年。他戴着金框眼镜,稀疏的白发往后梳拢。

勇作拿出名片再度自我介绍后,看到矮桌上摊开着一本像是相簿或旧日记的东西。

"听说你想问上原的事,我就将这个从壁橱里翻了出来。我最近没怎么想起他,不过这样看着从前的照片,还是很令人怀念。"

"您和上原先生是同学?"

"一直都是。"山上老人眯起眼睛,"我们是一同追求医学知识的伙伴。不过,我们的才能完全不同。他简直就是为了研究医学而生,出生在医生世家,又注定是医院的继承人。恩师们也自叹弗如。"

老人将旧相簿转向勇作,指着贴在左页最边上的一张黑白照片。泛黄的照片中有两名身穿白袍的年轻人。"这是我,这是上原。"

左边那个好像是山上。勇作将照片和本人比对,果然有几分神似。

老人像是洞悉他想法般地笑了。"毕竟是快六十年前的照片了。"

勇作从他张开的口中,意外地看见了一口白牙,大概都是假牙。

"其实,我今天想请教的不是那么久远的事情。"勇作决定进入正题,"不过,算算也是三十多年前的事了。您知道上原先生曾经派驻在一家叫瓜生工业的公司的医护站吗?"

"瓜生工业。"老人仿佛在细细品味每一个字似的复诵一遍,说,"你是说他曾经待在那家公司的员工医务室?"

"似乎是,我也不太清楚。"

"嗯……"山上老人抱着胳膊,"我听说过那件事,不过不太清楚。晚年的时候,有一次不知道聊到什么,他曾随口提过。"

"你们当时很少往来吗?"

"倒也不是,"山上眨眨眼睛,"因为我也很忙,几乎没空关心彼此的工作。不过我记得,听到那件事时,我还问过他,为什么明明拥有一间大医院,还要跑去做那种工作呢?他好像回答,因为有很多事情在医院里不能做。"

"不能做……"勇作感到纳闷,医院里不能做的事,在一家企业的医护站里又能怎么做呢?

"说起来,在那之后上原医院就改建了,对吧?从原本的木造房子变成了一栋红砖盖成的雄伟建筑。"

山上老人仿佛正忆起当年的景象,眼睛斜望向上方,喃喃道:"没错,没错,确实是那样。他说,接下来要将心力投注在医院上。在那之前,比起治疗患者,他花费了更多的精力从事研究。"

"哪方面的研究?"

"脑神经。"老人爽快地说道,指着自己的头,"他想从大脑的信号系统分析人类的情感或生理现象，那几乎是他毕生的志向，但不幸的是他出生得太早了。如果他生在这个时代就好了。现在的社会不但认同那种研究，对于大脑也有了相当的认识。你知道人类有左脑和右脑吗？"

"这点常识我还知道。"

老人点点头。"脑分离患者呢？也就是左脑和右脑分离的患者。"

"不知道，有那种人吗？"勇作惊讶地问。

"有一种治疗重度癫痫患者的方法，即利用手术切断联结左右脑的胼胝体，我们称那种人为脑分离患者。这种人平常过着和一般人毫无二致的生活。那么，经手术切除的胼胝体究竟是为何而存在呢？以这样的人为对象进行各种实验之后，目前医学界认为右脑和左脑可能存在不同的意识。"

"真的吗？这我倒是不知道。"勇作用手抵着头。

"一般人就算知道这种事情也没用。不管怎样，这种学说是近二十年才出现的，相当震撼人心。其实上原在学生时代就提出这种假说了。很遗憾，他没有实验场所。"

"上原先生有哪些研究成果？"勇作这么问是因为想到了一些事情。

山上老人发出低吟。"就像我刚才所说，那是一个资源匮乏的时代，我不记得他有什么令人眼前一亮的研究成果。当然，他工作成绩卓著。他曾经将电极植入小白鼠的脑中，调查大脑受到电流刺激的反应……"山上拍了一下膝盖，又道，"他曾说过，待在疗养院时反而做了许多有趣的事，因为那里有各式各样的患者。"

"疗养院？"

"国立谏访疗养院。一家成立于昭和十六年（一九四一年）、只以头部受伤的伤兵为收容对象的疗养院，让他们在那里接受专业医疗，培养就业能力。在那家疗养院设立的同时，上原接获勤务命令，在那里工作了几年。"

"可那里的目的是治疗患者吧？实在无法和研究联想在一起……"

山上笑着摇头。"不是那么回事，战争会产生超乎想象的患者。虽说都是头部受伤，但人人的情况都不同，即使是长年从事脑外科医疗工作的人，都经常会遇到陌生的病例。上原写给我的信中提到，那里是集中了研究对象的宝库。"

勇作点头，原来如此。"有什么重大的成果吗？"

"不论成果是大是小，总之他获益良多。他曾经告诉我，他重新认知了人类生命的伟大。毕竟，他每天看到的都是头部受到枪伤、大难不死奋力求生的患者。他们表现出的特异反应和症状对解释大脑机能有很大帮助。"

说到这里，他仿佛想到什么似的，从矮桌上的文件中抽起一个信封，从中抽出信纸，在勇作面前摊开，只见上面以黑色钢笔写着漂亮的字。

"这里写了，对吧？'对了，我从此前提到的患者身上发现了一件更有趣的事，电流刺激会带来意想不到的效果。关于这点，还必须进一步调查，说不定是个划时代的发现。'这是上原从疗养院寄给我的最后一封信。此后二战结束，我们彼此都无暇写信了。"

"这个划时代的发现后来怎么了？"勇作将目光从信纸移到老人身上，问道。

"好像还是发表了，但几乎没有受到任何关注，当年这种情形很多。他也让我看了那篇论文，因为资料不足，给人一种欠缺说服力的印象。内容我几乎不记得了，现在看来，说不定那是项了不起的研究。"山上老人有些腼腆地回答。

勇作又问起上原雅成和瓜生工业创办人瓜生和晃的关系。老人瞪大了眼睛，说："我不知道，毕竟我们的专业领域相差十万八千里。"

"也是。"

勇作又听老人说了一些陈年往事，然后告辞离开。走下急坡时，他回头望了一眼那栋古老的宅院。

专业领域相差十万八千里……是吗？

勇作想起老人说过的话。确实该如此，但……就是有人不这么想，不是吗？

一种假设逐渐在勇作脑中成形。

6

纵然从山上老人家火速赶回岛津警局，也已过中午。不过，勇作已事先打过电话，说他好像感冒了，今天早上要去看病。

他毫不内疚地打这通电话，也是因为最近的调查停滞不前。逮捕弘昌已经过了四天，却还不能确定他的口供是真是假。

许多刑警的不满都明显地写在脸上。他们认为，既然逮捕了最可能作案的嫌疑人，为什么不能进行彻底的审讯，逼他招供？也就是要逼弘昌自己招了。实际上，警方遇到这种局面时，还是经常使用这种手段。

然而，警方这次不能那么做。毕竟，对方是瓜生家的后人。警方担心万一事实真如弘昌的口供一般，将无法收场。因为 UR 电产在当地有莫大的影响力。因此，专案组最近一直笼罩着一股低气压。

然而，今天却不同。

勇作从警局的玄关进门走上楼梯时，感觉局内的气氛和平常迥异。虽然耳边喧嚣依旧，却能从中察觉到一种紧张感，沉寂的空气仿佛突然动了起来。

勇作一走到会议室前，忽然从中冲出两名刑警，其中一人撞上了他的肩。那人匆匆说声"抱歉"，疾步而去。

刑警们照旧聚集在会议桌旁。西方一看到勇作，马上问："感冒严重吗？"

勇作歉然道："还好。不好意思，让您担心了。"

这时织田走了过来，挖苦地说："大人物来上班啦？"他伸臂穿上西装。"我们要到真仙寺调查线索。如果你不舒服，不去也没关系。"

"真仙寺？发现什么了？"

"今天一大早，局里收到了一封密函。"

"密函？怎样的密函？"

"如果你要一起来，倒可以边走边告诉你。"

"我当然去。"

勇作和织田并肩走出会议室。

织田说，密函是以限时专递的方式指名由岛津警局局长亲启。市售的牛皮信封里装着白色信纸，上头是黑色钢笔写的字迹。织田手上有一份副本，字迹相当端正。

"工整也是理所当然。仔细调查后发现，那些字有用尺书写的痕迹——隐藏笔迹的标准手法。"等前往真仙寺的公交车时,织田说。

密函的内容如下:

  每天马不停蹄地调查,你们辛苦了。关于 UR 电产社长遇害一事,我有事情非告诉你们不可,所以提笔写下了这封信。
  那天(命案发生当天)中午十二点半左右,我去了真仙寺的墓园。
  我在那里看见了一幕奇怪的景象。当我走到墓园的围墙外时,看见一棵杉树后放着一个黑色塑料袋。我记得那是一棵树干很粗、枝干在及腰处一分为二的杉树。一开始还以为是谁丢弃的垃圾,但看起来不像,往袋内一瞧才发现装了一把像是弓的东西,大小约五十厘米,像西洋绘本中猎人使用的弓。
  我心里嘀咕着:这是什么?谁把这种东西放在这里?但还是将塑料袋放回原处,离开了。
  当天晚上看了电视,我才知道发生了那起命案。听到受害者是被人用弓箭杀害,我害怕得膝盖发颤。原来,我当时看到的那把弓就是凶器。
  我想,是不是该尽早告诉警方自己看到的事呢?那说不定有助于调查的进展。可是,我却有不能那么做的苦衷。我那天到那个地方是有原因的,而且非保密不可。不过,这并非意味着我与此案有关。说得更清楚一点,我不想让丈夫知道我那天的行踪。因为从前一晚到当天早上,我和别的男人在一起,当时正要回家。

正因如此，我才会沉默至今。再说，我想我的证言应该也帮不上什么忙。

听到瓜生弘昌先生被逮捕之后，我再次犹豫要不要说出这件事。警方似乎认为犯人并没有使用弓犯案。我想，如果没有说出真相，将有无辜的人因此受苦。

反复思量后，我想到了这个方法。请务必相信我说的话。另外，请不要找我。千万拜托。

这封信的起承转合很严谨。一遍读下来，令人觉得出自有点年纪的女性之手，但又不能完全相信这种第一印象。

"寄件人想必没有署名？"勇作将纸翻过来问。

"信上写的是山田花子，肯定是假名，地址也是胡诌的。"

织田正说着，公交车来了。两人上了车，并肩坐在最后一排。

"按照信中的说法，寄件人应该是个女人。"

"而且是个搞外遇的女人，自称去会情人，早上回家的路上经过真仙寺。就创作而言，的确是可圈可点。但这不禁令人怀疑，为什么要使用密函这种手法？"

"创作？"

"我是那么认为。如果真是那种女人，应该会隐瞒这件事，而且我认为她会模仿男人的口气写信。"

勇作有同感。他总觉得从这封看似出自女性手笔的信中，能看见男人的诡计。

"不过，"织田说，"内容应该不全是假的。"

"咦？"勇作看着织田的脸。

织田干咳一声，然后说："总之，上头命令我们先到真仙寺附近适合男女幽会的宾馆或酒店调查。如果寄信人所言属实，她很可能是那种地方的客人。"

然而，他们的行动没有得到预期的收获。虽然的确有几家那类宾馆，但一般而言，住宿者名单根本不足以采信。两人见了店里的员工，也没有打听到有用的线索。两人四处奔走，到傍晚才回岛津警局。

"我们大体记下了去宾馆的客人的名字和住址，但我认为那些大概都是假名。"

西方听着织田的报告，一脸不出所料的表情。"没有看到山田花子这个假名？"

"很遗憾，没有。"

"哦。不过就算真如信中说的那样，她大概也会尽力掩人耳目。"西方又补上一句，"你们辛苦了。"

其他刑警也回来了。他们好像去了出租车公司调查。寄信人当天早上不见得是走路去真仙寺的，可能从哪里搭车而去。然而，他们似乎也没什么收获。

"假如这个密告者不是信上所写的那种女人，又会是谁呢？与命案有关的人？"渡边警部补征求西方的意见。

"当然也应该考虑这种可能性——对方是为了救瓜生弘昌，才使出这种手段。因为只要在作案前将十字弓藏好，就能制造出弘昌的不在场证明。"

"瓜生家的人？"

"不止，只要是和瓜生家有深厚交情的人，都可能想救弘昌。"

"如果，"织田插嘴说，"这封密函出自关系人之手，只是单纯想救弘昌，那么信上写的不就全是捏造的吗？连在现场看到十字弓的证言也是假的。"

"问题就在这里。"西方像要强调这封密函的重要性般，靠向椅背重新坐好，"现阶段我们无从断定这人究竟是谁。不过，这封密函当中，有某些部分确实提到了真相，即关于十字弓藏匿情形的叙述。首先是树木，信中极为详细地说明，那是一棵树干很粗、枝干在及腰处一分为二的杉树。由于弘昌以嫌疑人的身份浮出水面，因而这点不太受重视，但现场附近发现了脚印。其次是十字弓装在黑色塑料袋里这一点。案发次日发现十字弓时，的确是装在那种袋子里。可是，报纸等新闻媒体并没有公布此事。"

众人沉默了很久。密告者写得如此详细，肯定曾亲眼看见了十字弓。

"如果真的目击到现场有十字弓，寄信人就应该是和命案无关的人。"渡边说，"命案关系人不太可能碰巧在现场。"

勇作也认为这个意见合情合理。

西方说："警部补说得没错，命案关系人的确不太可能碰巧在现场。所以寄信人不只是一个想救弘昌的人，还以某种形式涉案或知道真相。"

此言一出，四周顿时一阵骚动，甚至有人条件反射般从椅子上起身。

"你是说，有人明知真凶是谁，却故意隐瞒？"渡边的脸上露出激动的神色。

"用不着那么惊讶吧。"西方的神情和属下的正好相反，他沉稳地说,"这起命案其实发生在很小的人际圈子中。嫌疑人都是被害者的亲戚或身边的人,就算有人知道真相也不足为奇。我反倒认为,有人蓄意包庇凶手,所以这个案子才会如此棘手。"

几个刑警闻言叹息,他们肯定是从西方的话语中隐隐察觉到了什么。

渡边说:"不管寄信的是个怎样的人,说的内容倒是真的?"

"可能性很大。"

警部这么一说,四周又响起出于另一种原因的叹息。原本好不容易看见了终点,此刻却又回到了原点。

"假如这封密函的内容是真的,"织田站起身来,拿起放在会议桌正中央的密函复印件,"凶手为何要那么做?"

"我觉得这不难理解。凶手从瓜生家拿走十字弓后,离下手还有一段时间,在此期间,若被人看到自己手边的十字弓就糟了。再说,凶手也不可能为了杀人拿着那么大的东西四处走动。所以我认为,事先将十字弓藏在命案现场才是正确答案。"

没人提出反对意见。

"对了,能否从这封密函的内容推算出凶手拿走十字弓的时间?"

"根据园子的口供,"渡边说,"她从学校早退后偷偷溜进了书房,那时大概是十一点半。她说,当时十字弓就不见了。"

"嗯……但未必这时就已经被带出瓜生家。"

"没错。密函上说是在十二点半发现十字弓,假设移动十字弓需要十五到二十分钟,那么凶手是在十二点多离开瓜生家的。"

"十二点多!"西方夸张地露出一脸不耐,"几乎所有访客都符合这个条件。"

"不，这说不定就是寄信人的目的——要我们释放弘昌，而不是抓住凶手。所以或许寄信人发现十字弓确为事实，但发现的时间尚待求证。"勇作道。

"正是。"西方大声赞同，"寄信人可能是为了不让我们锁定嫌疑人，才将时间写成十二点半。可能是更早发现的。"

"我们要设法弄清正确的时间。"渡边也说。

"试着找找那天到过真仙寺和墓地的人，说不定有人见过那个黑色的塑料袋。"目前弘昌犯案的可能性降低，或许是觉得破案的线索太少，西方的声音中带着一股悲怆。

7

美佐子确认晃彦出门后，将大门上了锁，然后到厨房打开放置烹饪器具的柜子。

勇作说要用东西敲打，用这种东西可以吗？美佐子拿起一把菜刀，此外她没看到适合的器具。

她拿着菜刀上楼，或许是因为内疚，下意识地压低脚步声。

晃彦的房间依旧上了锁。这一行为可能半是出自习惯，他已经不会特别留意了，但这些看来就是造成夫妻关系变质的原因。

美佐子想起勇作教过的方法，使用刀背，提心吊胆地试着敲打门把手，然后转动，但把手纹丝不动。

美佐子一咬牙，用力一敲，发出巨响，吓了她一跳，但锁仍没打开。大概还是不行。何况，和仓也只说这种锁经常会因为受外力而打开，没说一定会开……

美佐子又试着敲打一次。把手上出现了凹痕，但还是打不开。

她盯着菜刀，叹了口气：老是这样，自己从未能打破晃彦设下的防备。

美佐子死了心，下楼进入厨房，从餐具柜下层的抽屉拿出勇作寄放在她这里的笔记本。

　　脑外科医院离奇死亡命案调查记录

勇作说希望自己能了解他的心情。包含这起命案在内，许多他面临的谜题都始于这笔记本中的内容。

美佐子从头看起。之前只听勇作大略提了一下，她并不知道详细内容。成为故事舞台的上原脑神经外科医院，也是美佐子的父亲住过的医院，还是她和勇作邂逅的地方。光是这样，就令她感到无比熟悉。

一路看下去，她渐渐理解了勇作为何疑虑重重。那名叫日野早苗的女子死得实在匪夷所思。

正如勇作所言，警方的调查进行到一半突然结束，或许说中断更适当。调查记录的最后一段话如下：

　　×月×日 我带勇作到日野早苗坟前祭拜。当我告诉勇作是她的墓时，他将两只小手合十，一心祈祷着什么。

美佐子想象着小时候的勇作。他喜欢的早苗姐姐突然死去，不知道对他幼小的心灵造成了多大的打击。笔记本的后半部有几处潦草的字迹，大概出自勇作之手。其中有一句是"当务之急是调查瓜生家"。

调查瓜生家？

美佐子想，勇作说得没错。若是不解开这个家的谜，根本不可能有进一步的发现。

心中涌起另一种情绪，她不想再让步了。

美佐子离开厨房，一鼓作气冲上楼梯，毫不犹豫地举起菜刀斩下，但因用力过度而失去了准头，砍中的不是把手，而是连接轴。锁打开了，发出咔嚓一声。

美佐子握住把手，缓缓使力。把手仿佛败给她的气势般乖乖地转动了。

这是她第一次独自进入晃彦的房间。平常他总跟在身边，指示她可以碰和不能碰的地方，但今天不再有那种限制。

这是一个八叠左右的房间，书桌、书柜、电脑桌等并排列于墙边。美佐子不曾打扫过这里，房间却整理得井然有序、一尘不染。

美佐子先从书柜找起，有一般的书柜和装有玻璃门的书柜，玻璃门书柜的下层是抽屉。

一样样检查后，美佐子多少知道了晃彦至今没有让她知道的部分。比如书柜最边上有关于歌舞伎的书，美佐子完全不知道他有那方面的嗜好。

美佐子一面小心不留下翻找过的痕迹，一面检查房里的物品，她觉得一切都很新鲜。她早就想进这个房间，但晃彦不准，她也无可奈何。

她四处翻找了约一个小时，却没有发现勇作说的厚重的旧资料夹。这个房间并不大，能藏东西的地方有限。前一阵子夜里曾听到他在锯东西的声音，但地板和墙壁上却没有暗格的痕迹。

或许他已经将那些资料移到别处。

美佐子想，这有可能。晃彦平常待在大学的时间比在家里还久，贵重物品说不定早就拿到大学去了。

美佐子再次环顾房内一周，令她在意的还是前几天听到的锯子声。既然要用到锯子，就应该是藏在有木头的地方……美佐子突然想到这一点，再次盯着书柜。那个书柜是晃彦说要买来放专业书，两人在结婚前去家具店由美佐子选的。

美佐子拉开最下层的抽屉，里面放着信纸和信封，还有一些文件处理机专用的纸张。

美佐子把抽屉整个拉出来，往空出一个洞的抽屉那头看去。没有异状。美佐子将抽屉拿在手里，拍打上下两层木板，也没有什么发现。

美佐子又将旁边的抽屉拉出来，同样拍打几下。当她拍打下层木板时，察觉有异，木板发出没被固定住的响声。

美佐子用手托住下层木板，试着左右移动。木板有些卡，但还是向一旁滑开——果然不出所料。晃彦前一阵子就是在做这个机关。

美佐子一打开木板，马上将手伸进去。碰到了东西，是书，不，肯定是勇作说的资料夹，她的心跳开始加速。

那确实是一本厚重的资料夹，抽屉口又很窄，连让两手伸进去的空间都没有，手无缚鸡之力的美佐子颇费周折才将它拿出来。

资料夹有个黑色的封面，里面大概装了好几百张资料。美佐子看着封面上的标题——

　　电脑式心动操作方式之研究

　　标题以艰涩的文字书写，手写的字迹有些模糊了。

　　"电脑式心动操作方式之研究……"美佐子读出声来，但完全不解其意。她的目光停在"电脑"两个字上，果然和勇作说的一样。

　　须贝先生就是想得到这个吗？

　　美佐子压抑着怦怦的心跳，将手放上封面，正要翻开，背后突然传来一声："把手拿开！"

　　美佐子低声尖叫，回头一看，晃彦脸上露出一种从未见过的冷峻表情，站在眼前。

　　"你……为什么？"

　　"叫你把手拿开，没听到吗？把手拿开，然后离开那里！"他用冰冷的语调说道。

　　但美佐子抱住资料夹。"晃彦，求求你，告诉我实话。这本资料夹是什么？为什么须贝先生想要这个？为什么不能让人知道这本资料的存在？"

　　"你用不着知道。来，快点把它交给我。"

　　晃彦伸出手，美佐子却更加用力地将资料夹抱在怀里。她想，如果错失这次机会，将永远无法知道真相。

　　晃彦朝她走近一步。正在这时，他的目光停在地板上的一点。"这是什么？"

　　他捡起来的是勇作寄放在美佐子这里的笔记本。她刚才将它带进了这个房间。

"啊,那是……"

晃彦无视她的阻止,打开笔记本,瞬间,他脸色变得煞白。

"和仓兴司……这是和仓的父亲写的?原来如此,他父亲在调查那起事件。"他低头俯视美佐子,"为什么你会有这种东西?"

"他借我的。"

"借你?你别说谎!这么重要的东西怎么可能借给素不相识的人?"

"我们……才不是素不相识呢。"

美佐子把心一横,与其隐瞒一辈子,不如干脆坦白。

"他是我曾经交往的男朋友。早在遇见你之前,我就认识他了。"美佐子发出几近呐喊的声音。

晃彦仿佛慑于她的叫喊,霎时愣住了。但他马上重新振作精神,歪着脸说:"和仓?你以为胡说八道,我就会——"

"我说的是真的!"美佐子斩钉截铁地说,"他是我第一个爱上的人,你应该最清楚,我曾经和男人交往过。"

"他……"晃彦交互看着笔记本和美佐子的脸,像是要转换心情似的摇头,"原来是那样,和仓和你……而我娶你为妻。天底下居然有那么巧的事!"然后,他像察觉到了什么,盯着美佐子:"你们两个一直瞒着我保持联系?"

"他在怀疑你,他认为你杀害了须贝先生。你为什么非那么做不可,还有,秘密就藏在这本旧资料夹里,这些事他都看穿了。"

"凶手不是我。"

"那么,你那天为什么要中途回家?"

"那天?"

"你回来过,不是吗?我看见你从后门出去了。"

美佐子看见晃彦的脸颊抽动了一下,散发出冷酷光芒的黑色瞳孔仿佛在左右晃动。

美佐子心中突然闪过一个念头:他可能会杀了我。

但下一秒钟,晃彦恢复了冷静。他大步走向美佐子,蛮横地一把抢过资料夹。

"你太过分了!事到如今,把一切都告诉我!"

"你用不着知道。"

"我知道也无妨吧?毕竟……我们是夫妻呀!"美佐子对自己脱口而出的话感到震撼,眼泪毫无预料地夺眶而出,滑下脸颊。

晃彦好像一时也不知道该说什么。两人沉默了几秒钟后,他才说:"你还是不知道为好。"

"可是——"

"这个笔记本,"他说道,"由我还给和仓。你不准向其他人多说一句。"

美佐子用毛衣下摆擦拭泪湿的脸庞。泪止住了,心里却空了一个大洞。

"我要回娘家。"美佐子泣不成声地说。

沉默了一会儿,晃彦才回应:"随你。"

8

勇作回到公寓时正好凌晨一点。商讨今后的调查方向,不知不觉就这么晚了。

他脱去衣物，只穿内裤钻进从来不叠的被子。棉被有股臭味，不知有几个星期没晒过了。

拉了一下日光灯长长的开关拉绳，电流声顿时消失，眼前一片漆黑。勇作闭上眼睛，却没有睡意。

案情因那封密函而有了进展，勇作本来就不认为弘昌是凶手。这起命案背后隐藏着更重大的秘密。寄出密函的人如果不是晃彦，也肯定是和他一样，和那个秘密相关的人。

那究竟是个怎样的秘密？勇作虽然一头雾水，却还是试图抓住什么。

国立诹访疗养院？

他想起了山上老人说的话，上原雅成在那里一定有了某种划时代的发现。但他命中注定没有机会做研究，使得那项发现化为泡影。

难道没人注意到他的发现吗？

勇作想到瓜生工业的创办人——瓜生和晃，一个能将独特的创意化为产品，让事业蒸蒸日上的人。如果是他，即使这项发现源于特殊的脑医学领域，或许他也会想到什么活用的方式。

上原曾经派驻在瓜生工业内部的医护站，而他本人拥有一家大医院。他告诉山上老人，去那里是为了从事研究。

瓜生和晃注意到了上原的研究。瓜生利用医护站这个幌子，会不会是为了让上原更深入地研究呢？但那项研究出于某种原因必须永远保密，于是，研究结果和资料便被作为机密保管在瓜生家，就在那个关键的资料夹里。

但有一点，勇作不懂——那是项什么性质的研究？

为何非永远保密不可呢？

与其永远保密，何不干脆将其毁掉？

须贝正清为何想得到那个东西？瓜生家又为何绝不能将它交给须贝？

勇作隐约想象出了须贝正清的目的。他今天针对正清接触过的大学教授，进行了初步调查。

正清刚和三位教授接触，因此他们都不知道他的目的。然而，共通之处在于，他积极地提出共同研究的计划。

梓大学的相马教授正在进行以分子层次解析人类神经系统的研究，修学大学的前田教授是脑神经外科的权威，而北要大学的末永教授则是长期研究人工器官的学者。将三位教授的资料排在一起，好像能看出共通之处，但又说不出所以然来。

勇作在黑暗中搔头。案情看似有重大进展，实则还在原地踏步，进退维谷。

上原雅成究竟在瓜生工业的医护站里从事什么研究？该怎么做才能调查清楚当时的事情呢？只要得到那本资料夹……

只好将希望寄托在美佐子身上了。只要她设法从晃彦手中取得资料夹，所有谜团应该都能解开。

勇作很担心，不知她进展得顺不顺利。当她听到或许能因此弄清命运之绳的真相时，眼神突然起了变化。

勇作想起美佐子的父亲。突然，美佐子说过的一件事浮现于他脑中。她说她父亲是上原的旧识，也曾住在红砖医院，而且她父亲不是一受伤就住进那里，而是先在别的医院接受检查，后来那家医院才指示他们转到上原脑神经外科医院。

美佐子说，从那之后，她就感觉到了命运之绳的存在。

到底是怎么回事？

勇作感觉全身逐渐热起来，总觉得有什么东西在脑中膨胀。

"难道……"勇作从棉被里起身，脑中灵光一闪。

第六章　破案

1

密函送抵岛津警局，已经过了三天。虽然可以从邮戳等处得知密函寄自哪里，却没有证据锁定寄信人。信纸和信封上也全无线索。

一直拘留弘昌也不是办法，当专案组人员快要沉不住气时，一名刑警找到了重要证人。

案发当天，有两名女初中生去过墓地。两人就读的学校在真仙寺以东两百米处。那天她们趁自习课溜出学校，在外面鬼混了一阵，在回学校的路上被老师撞见。不管老师怎么问，她们就是不肯老实回答为何无故离校。焦躁的老师检查了她们随身携带的物品，发现了烟盒，进一步追问，她们才承认是在墓地里抽烟。两人都是品行不良的学生。

她们知道须贝正清是在同一个墓地遇害，却没有出面作证，是因为父母不想让世人知道女儿的不良行为。校方也不想公开这种不光彩的事。

"更何况,我女儿说她什么也没看到。既然如此,我想就算出面当证人也帮不上忙。"两名学生之一的母亲这样说。

刑警们很清楚,有许多案子的证据和证人就这样消失了。

警方得知她们的事,是因为在当地一带打听线索的刑警偶然耳闻。关于她们的传言甚嚣尘上,而且主要在初中生间流传,从这点来看,消息来源说不定就是她们自己。

如同那位母亲所说,两名女初中生坚称她们什么都没看到。据说她们去了墓地,确定没人在场才点燃香烟。她们似乎很不高兴,表示自己并非常常这样。

然而经过详细追问,发现她们其实目击了极重要的事情。当她们经过墓地的围墙外抄近路回学校时,看到了那个关键的黑色塑料袋。两人记得当时还说:"居然有人到这种地方来扔垃圾。"由此可以确定密函的内容属实。

"你们在墓地里从几点待到几点?"刑警问。

"我们到墓地大概是十一点四十分左右吧,我想应该没待多久,大概五到十分钟。"

其中一名女生回答,另一人也同意。

"我再问你们一次,当时现场真的没人?"

"是的,一个人也没有。"

两人的眼神很认真。

"如果这是事实,我们的推论将被彻底推翻。"西方鼓起胸膛,声如洪钟。勇作觉得,只要案情有所进展,他就会露出这种态度。

"如果相信她们的证言,在十一点四十分到五十分这段时间内,没有任何人接近墓地，那么凶手又是在何时将装在黑色塑料袋里的十字弓藏进了墓地？如果是在两名女生出现之前，就必须在十一点四十分之前藏好。这样，考虑到瓜生家离真仙寺的距离，最晚得在上午十一点二十五分左右离开那里。但是，"他又提高了音量，"那天造访瓜生家的客人中，没人符合这一点。据了解，一早去的女眷们直到下午都待在屋里，而她们的丈夫也是在十一点半后才出现。这如何解释？"

室内鸦雀无声。人们并非慑于警部的气势，而是都陷入思索，设法合理地解释这不可思议的事实。

勇作也一样百思不解。美佐子是在更晚的时候，才看见晃彦从后门离去。这么说来，拿走十字弓的人并不是晃彦。

不可能，他不可能和这起命案毫不相干。

勇作觉得，无论怎么勉强地想去否定晃彦和命案有关，他也找不到一个适当的解释。

"除非，"不久，渡边委婉地说，"有共犯。也就是待在屋里的某个人，将十字弓交给了在屋外等候的同伙。"

他的口吻说不上充满自信，但这一推论的确说得通，几名刑警宛如同意般点头。

"总之，是这么回事吧。那个人待在瓜生家屋内，中途假装要去上厕所而离席，到书房偷走十字弓和箭，再偷偷离开屋子，交给在外面等候的同伙，此后再若无其事地回到屋内，对吧？这一连串的动作需要多少时间？"

"大概……十分钟。"渡边好像在脑中计算时间，闭上眼睛回答。

"十分钟啊，有点久。如果离席那么久，我总觉得会有人有印象。"

但客人中没有传出有人离席很久的说法。

"再说，我觉得要不被任何人发现，进行这一连串动作相当困难。就算能够顺利进入书房，拿着一个大袋子进出宅邸还不被发现？这种思考本身逻辑就有问题。"

西方的意见也算合情合理。没人反驳，室内再度笼罩在一片令人喘不过气的沉默中。

"这么一来，会不会不是客人，而是瓜生家的人呢？"渡边又针对这点发表意见。

"瓜生家有人曾做出可疑的举动吗？"西方问。

"我们来整理一下吧。"

渡边站起身来，将瓜生家每个人当天的一举一动写在黑板上。乍看之下，没有人能拿走十字弓。然而，渡边最后写下的内容却令在场的人呆若木鸡。勇作也想，不会吧？！

"这不是出现了一个吗？"西方也发出感叹的声音。

"因为时间太早，这个人在案发时又有不在场证明，才至今一直没有让我们注意到。"渡边用一种分析的口吻说，"何况这一举动应该并非出自本人的意愿。"

"表面看来，确实不是出于本人的意愿，但要装成是这么回事倒也简单。有没有什么杀人动机？"

渡边询问在场的人，却没人回答。

"好。那么，让我们重新整理一遍这个人的行动，或许会找出什么蛛丝马迹，然后再调查这个人和须贝正清的关系。"

"这个人的共犯……或者就是直接下手的人，可能有谁呢？"一名刑警发问。

"既然是杀人的共犯,应该不是交情不熟的人。我们先列出没有不在场证明的关系人,再一一找出他们之间的关系。"西方口齿清晰地下令。

"可以打断一下吗?"

西方话音未落,从稍远处发出一个异常洪亮的声音。众人循声望去,举手的人是织田,勇作感到莫名的不安。

"什么事?"西方问。

织田环顾室内,然后说:"关于锁定嫌疑人一事,我有个非常有趣的发现……"

2

这天晚上,勇作难得地较早回家,因为再不洗衣服就没得换了,他也想花点时间慢慢思考整件事。

他将脏衣服丢进洗衣机,打开水龙头,按下开关,确定自来水哗啦哗啦地打在白衬衫上,便转身离开。

时间是晚上十一点多。

勇作打开回家路上买的罐装啤酒,盘坐在被子旁,灌下一大口,感觉头脑顿时一阵清醒。

他回想起刚才织田说的话。那的确是个非常有趣的着眼点,虽然站在相同的立场,勇作却从没那样想过。织田基于那个着眼点,提出了一名嫌疑人。西方和其他刑警似乎也很感兴趣。

但是,瓜生晃彦不可能和命案毫无关系。

勇作想，算了。

他不知已确认过几次内心的想法，最后还是决定继续按自己的方式调查。

勇作今天上午去了上原医院一趟，和上原伸一见面。主要是为了谈最近发生的事，而不是不久前两人谈过的年代久远的事。

勇作拜托他从红砖医院时代的资料中找出一份病历。若不能让外人看，勇作希望他至少能调查，那份病历是否还保存着。

上原伸一当时不安地问："你想做什么呢？"他曾经出过几次纰漏，似乎害怕被追究责任。

"我绝对不会给您添麻烦。"勇作坚定地说，"反而希望您别告诉任何人，我提出这种请求。"

上原伸一对勇作的请求考虑了一下，最后还是答应了。"可是我没法马上去查。晚上之前应该可以查到。"

"好。那么，我晚上再和您联络。"说完，勇作就离开了医院。

他从警局回家的路上，在电话亭打电话到上原家，因为他等不及回到公寓。但上原回答，没有勇作说的那份病历。

"当时的资料保存得很完整，但就是没有找到那份病历。我这么说你不要见怪，但会不会是你记错了呢？"

"记错……不，不可能。"

"是吗？可是，不管我怎么查，就是找不到那份病历表，甚至连那个人住院的记录都没有留下。"

勇作听到这句话，霎时无法作声。上原发出"喂喂"的声音时，他才回过神来。

"是不是有什么麻烦事呢？"上原再度不安地问。

"不，没那回事。如果真的没有，说不定是我记错了，我会重新调查一次。"勇作道完谢，便挂上了话筒。

他刚才哑口无言，倒不是因为对方的回答出乎意料，而是因为那正是他害怕的答案。

但现在断定，还言之过早。

勇作将啤酒灌下肚。一罐空了，再打开第二罐的拉环。

也可能是碰巧，说不定那是个错误的推论。

勇作的脑中逐渐建构起一套推论——前一阵在棉被中灵光乍现而得出的。虽然离奇，但随着时间的流逝，勇作越来越觉得那是个准确的想法。

不久，洗衣机停止了运转，勇作拿着空啤酒罐起身，这时电话铃响了。他用空着的右手拿起话筒。"喂，我是和仓。"

他想，大概是专案组打来的，但耳边却传来个出乎意料的声音。

"是我。"

"小美……"

勇作紧握话筒，旋即察觉到她打电话来的原因，身体忽然变得燥热。"找到了？"

"找到了，"她回答，"果然在他的房间里。他三天前在书柜的抽屉中做了机关，东西就藏在那里面。我打了好几次电话，你好像都不在家。"

"然后——"

勇作话说到一半，被她的"可是"打断了，她说："被他发现了。"

"瓜生？"

"他突然回家，结果档案夹被他抢走了。"美佐子沉声道。

勇作沉默了，他想象着当时紧张的情形。"你看过档案夹里面的内容了？"

"我没办法看，正要看的时候，他就出现了。不过，我看到了标题。"

美佐子将"电脑式心动操作方式之研究"这个标题，拆成单字告诉勇作。勇作复诵了两次。

"我还有一件事情必须向你道歉。"

"什么？"

"你……你寄放在我这里的那本笔记，被他发现，然后抢走了。"

勇作的心头抽痛了一下。最先浮现在脑海中的，是晃彦知道了自己和美佐子的关系，然后又想，不知晃彦看到关于早苗事件的调查记录，将作何感想。

"对不起。"大概是因为勇作默不作声，美佐子用快哭出来的声音向他道歉。

"不，算了。"他说，"反正这件事情迟早要摊牌，也许现在正是时候。"

"他说会直接把笔记本还给你。"

"我会等他。"

"他刚才为了那件事情打电话给我。"

"他打电话给你？"

电话的另一头传来一阵尴尬的沉默。他无法理解这是怎么回事，将话筒抵在耳边等待她的回答。

"我在娘家。"美佐子说，"我决定暂时不回去了。我跟他之间，大概不行了。"

勇作说不出什么，只是紧闭双唇。他完全不清楚美佐子希望他说些什么。

"那么，"他总算开了口，"瓜生怎么说？"

"嗯，他问……那本笔记上头写的都是真的吗？"

"这话什么意思？"

"我不知道，不过我回答：'应该是真的。'"

"瓜生说了什么？"

"他什么也没说，却一副若有所思的样子。"

勇作想，自己真是问了个怪问题，瓜生家的人应该最清楚那上头写的是真是假。

"我要跟你说的就是这些。"美佐子说。

"谢谢你特地打电话告诉我。"勇作道谢，"对了，你打算告诉警方，瓜生手上握有那个档案夹吗？"

隔了几秒钟，他感觉美佐子吸了一口气。

"我不打算说。"她回答，"我尽可能不想用那种方式和他了断。不过，如果你认为我该告诉警方的话……"

"我不会那样要求你，"勇作接着说，"我打算自己和他了断。"

"嗯……"她好像在电话的另一头点头。

"那么，晚安。"

"晚安。"

勇作听到挂上电话的声音之后才放下话筒，心中五味杂陈。

换作不久之前，勇作心中应已燃起熊熊斗志，而且肯定会想，不管用什么手段都要夺得那本档案夹。

但刚才他首先想到的，却是美佐子是否看过了里面的内容。

215

她回答没看到，所言似乎不假。

真险！勇作一把捏扁了左手中的铝罐。

3

又过了两天。

刑警们根据此前决定的调查方针，持续展开行动。随着调查顺利地进展，原本认为离谱的念头，渐渐变成了不容动摇的事实。

当然，勇作也加入了调查的行列。然而，他被分配到的工作却远离了调查行动的核心，而只是对大局几乎没有影响地打听消息。必定是织田故意这么安排的，但这正合勇作的意。因为他只要适度地完成打听消息的工作，剩下的时间都可以用于自己的调查。这么一来，勇作感觉自己已经逼近事情的真相。

今天是对近来的调查进行总结的一天。

那家公司将一栋像旧仓库的建筑物当作办公大楼。拉开写着"三井电气工程"的玻璃门，里面是一间十一二叠大的办公室。一名中年男子、一名年轻男子和一名看似高中生的女子坐在三张并在一起的办公桌前。一看到勇作，坐在最前面的中年男子站起身来。

"有什么事？"

"请问江岛先生在吗？"勇作边问边环顾室内。

"江岛外出了。你是……"

中年男子用狐疑的目光看着勇作。勇作一亮出证件，他马上畏缩地向后退了一步，其他两人也屏息以待。

"倒不是江岛先生做了什么坏事。"勇作刻意显出和善的表情，"我只是有点事情想请教他。他什么时候回来？"

"这个嘛，我看看，"那人看向墙壁上的一块小黑板，"我想应该快了。如果不介意这里乱，你可以稍等。"

"那我就不客气了。"

勇作打开身旁一把折叠椅坐下，那人则回到自己的位子。

勇作再度环顾室内。靠墙的边上有铁角架组成的柜子，杂乱无章地放着瓦楞纸箱、电线和测量器。后头有一扇门，里面大概是仓库。

"请问，"中年男子向勇作搭话，"你在调查什么案件吗？该不会是须贝先生那起命案？"

"就是那件。"

那人露出不出所料的表情。"那件事真是不得了。江岛先生好像也很在意。毕竟，那是他女儿婆家的事嘛。"

他们果然也很清楚江岛壮介女儿的事情。

"江岛先生的工作情形如何？"勇作问道。

中年男子用力点头。"他真是帮了我们大忙。毕竟 UR 电产是一家超级大公司，要是不擅长联系的人，经常会搞不清某项业务由谁负责，而且我们处于弱势，根本无法抱怨。可是自从江岛先生来了，就没有这些困扰了。"

"哦，那真是太好了。你经常和江岛先生说话？"

"经常呀。不过我们工作很忙，没有时间好好聊。"

"你听他说过从前的事吗？"

"从前……你是指他待在 UR 电产时的事？"

"不，更久之前，像二战或战争结束后不久的事。"

"那倒是没听过。"男子苦笑着偏头想了一下，"说到二战，那时江岛先生多大了呢？我从没问过他那些事情，我想应该也没什么有趣的。"

"大概是。"勇作适度地应和，抱起胳膊，闭上了眼睛。他讨厌反被对方问个不休。

约十分钟后，大门打开，进来了一个满头白发的男子。他笑着对刚才那个中年男子报告许多事情，中年男子对他说："噢，有一位客人在等你。"

他回头望向勇作。

"我是岛津警局的巡查部长，敝姓和仓。"勇作起身低头行礼，江岛一脸莫名的不安，点头致意。

两人来到附近的一家咖啡店，选了最里面的位子坐下。这家店挺大，客人却很少，服务生送上咖啡后，也不太搭理客人。勇作想，这是个谈话的好地方。

江岛壮介听到和仓这个姓氏，似乎也没有想起勇作就是从前和女儿交往过的高中生。勇作认为这样反倒更有利。

壮介看着面前的咖啡，低着头默不作声。说不定他做好了某种程度的心理准备。

"我想请教的是从前的事，"勇作打破沉默，"还是很久之前的事。如果我没有算错，当时你应该是十九岁或二十岁。"

"当时是指什么时候？"

"这我等一会儿会说。当时你在哪里？在做什么？"

勇作抛出问题,并观察壮介的反应,只见对方的目光突然游移不定。

"二十岁左右,我应该是通过朋友的介绍,进入一家叫作中央电气的公司,学习与工程相关的知识……"壮介仿佛在回想当年似的开口。

"不对,"勇作强硬地予以否定,"我去中央电气调查过了。你开始到那家公司工作是二十一岁。"

"既然你这么说……那可能是吧,毕竟都那么久了。"壮介啜饮咖啡,打算含糊带过。

"你十八岁时,父亲去世,对吧?"勇作稍微改变了话题的方向,"于是,由你负责养活母亲和妹妹?"

"从前的男人到了十八岁,就算是顶天立地的一家之主了。"

"关于这一点,我也问过令妹。她说你将她们母女俩留在乡下,独自一人离乡背井出外工作,再将生活费寄给她们。"

"嗯,是的……"江岛壮介用一种警戒的眼神看着勇作,微微点头。"问过令妹"这句话肯定令他不安。

勇作听美佐子说她有一个姑姑,最近很少见面,以前倒经常在家族聚会上看到。姑姑目前住的地方,若搭电车去,车程大约一个小时。勇作昨天去见了此人一面。

"你到底在哪里?做什么工作赚钱?"勇作问。

"这个嘛,说来话长。只要想赚钱,不挑三拣四,哪有什么工作不能做?"

"可是你跟人借了钱,对吧?"

勇作正视着壮介的脸,毫不迟疑地说。他知道壮介屏住了呼吸。

"这也是我从令妹那里听来的。令妹很感谢你为她们的付出，她说，当家里因为欠债、父亲又去世而束手无策的时候，是哥哥拿钱撑起了这个家。可是江岛先生，有一件事情我不理解——一个十八岁的年轻人居然能赚钱养活家人，又还清了天文数字的负债。也难怪我怀疑你到底在做什么工作。"

"……你怀疑我做了坏事？"

壮介一脸严肃地问，勇作摇头。

"我想那应该不是坏事，而是憾事。"

这句话令壮介哑然失声。或许是因为他拿着咖啡杯的手微微颤动，弄得杯盘咔嗒咔嗒作响。

"三十几年前，"勇作用一种略显郑重的语调说，"我猜，瓜生工业的员工医务室在进行某项研究，负责人是脑医学学者上原雅成博士。那项研究需要一些人作为实验对象，江岛先生你……"他用称不上好喝的咖啡润了润喉，接道："你是其中之一，对吧？"

壮介从口袋里拿出手帕，擦拭嘴角，然后抵在并没怎么出汗的额头上。"我完全不知道你在说什么……"

"既然如此，请你听我说就好。听完之后，再决定要不要继续装傻吧。"勇作拿出记事本，"你当时以实验受验者的身份受雇于瓜生工业。你将那笔报酬寄回家，还清了家里的负债。另外，那是一项关于大脑的实验，所以江岛先生，你的头部应该有特殊的外科手术留下的痕迹。"

壮介半张开口，但终究没有说话。勇作不清楚，他是想听完再作打算，还是不知该说什么。

"结束那份小白鼠的工作之后，你过了几年风平浪静的日子。

那件事并没有对你的人生造成负面的影响,你可能已经快忘记了。可是在工作中发生意外,让你想起了那件事。你当时应该是脚部骨折、头部遭到强烈撞击吧?于是你被送进了附近的综合医院。"

壮介默默听着,他的脸上已不见先前那种不知所措的神色。

"你在那里得到了一个莫名其妙的诊断结果。明明脚伤几已痊愈,综合医院却要你转到上原医院治疗脑部。你不疑有他,转到上原医院长住了两个月。更令人想不通的,是上原医院里居然连你的病历和住院记录都没有保留。这究竟是怎么回事呢?"

勇作停了一拍之后,继续说:"我曾寻访一开始为你诊治脑部的医生,但他和上原博士一样过世了。不过,调查那位医生的经历之后,我发现了一件非常有趣的事,他当时正好驻派在瓜生工业的医务室里。这意味着什么?答案就摆在眼前。那名医生也参与了上原博士不为人知的实验。所以,当你偶然以患者的身份到他所在的医院就诊时,他看到你头上的外科手术痕迹,马上察觉你是当时的实验对象之一。如果没有其他问题,应该就没事了,但就是有问题,所以不能让你直接出院。而且,那还是只有上原博士才能解决的问题。于是他将原委告诉你,要你转到上原医院。"

勇作的话说到一半,壮介开始微微摇头。他的表情看起来不像纯粹在否定,令人有些不安,但勇作还是毫不迟疑地一口气说完。

"我不清楚那究竟是怎样的问题,上原博士和你又是怎么对此进行讨论的。我只知道就结果而言,上原博士和 UR 电产决定全面资助你,所以你和家人往后的人生才会像被命运之绳操控似的一帆风顺。"

勇作说到这里,将话打住,喝光已经变温的咖啡。他想续杯,服务生却躲在柜台后面不出现。

江岛壮介长长地舒了一口气。"那么,我该如何是好?要我承认你刚才说的浑话吗?"

"我不认为那是浑话,我一开始不是说了吗,那是一件憾事。不过,我想听你亲口详细说明那件事。不然,这次的事件无法结案。"

"那不过是刑警先生你在胡思乱想,你说的是无凭无据的臆测。我转到上原医院,是因为听说那里的医生医术高明,而院长先生碰巧是我的旧识,我能得到许多方便。"

"病历不见了,你怎么说?"

"那我不知道,会不会是医院方面的疏失?总之,这些莫名其妙的鬼话对我而言是种困扰。"

江岛壮介打算起身,但勇作迅速伸出左手,紧紧抓住了他的右手腕。

"我告诉你病历在哪里好了。"

壮介用一种夹杂不悦和困惑的眼神,交替看着被抓住的手腕和勇作的脸。

"那应该就在你女儿的婆家。"

壮介的脸颊开始抽搐:"胡说八道,为什么会在那种——"

"专案组正在找须贝正清试图从瓜生家拿走的旧资料,不过我知道那就在瓜生晃彦手上。资料的标题叫电脑式心动操作方式之研究——我说得没错吧?"

壮介脸色惨白,全身无力地跌坐在椅子上。勇作放开他的手腕。

"我认为那些资料当中包含你的病历。只要找到那些资料,就能证明你在三十多年前当过上原博士的实验对象。"

壮介的肩膀上下起伏，大口地喘气，勇作仿佛能够听见他的喘息声。

"如果我有那个意思，我可以彻底搜查瓜生家，甚至可能没收那本资料夹。不过我还没将这些话告诉专案组的任何人。"

"咦？"壮介抬起头。

"这件事情目前只有我知道。能不能将这件事化为永远的秘密，就要看你怎么做了。如果你把一切都说出来，我可以保守秘密。"

"为什么只有你知道呢？"

"这你不需要知道。不过简单来说，我是基于个人的兴趣，才一路调查到这里。"

壮介正色听着勇作的话，想必他正在思考这个年轻刑警说的是真是假，以及他所谓的个人兴趣到底是怎么回事。

"你真的……会保密？"

"我答应你。"

壮介点头，又稍微考虑了一下。不久，他抬起头。"在那之前，我想续杯咖啡。"

"好啊。"

勇作大声唤来服务生。

4

壮介从他为了养家背井离乡开始说起。亡父的一名友人从事土木建筑行业，壮介便在他的公司工作。

但壮介赚的钱有限,无法寄回足够的生活费给母亲和妹妹,父亲留下的债务更是一大苦恼。

壮介当时想,有没有什么赚大钱的方法呢?于是,他和许多思虑不周的年轻人一样开始赌博。这使得他更加深陷泥淖,无法自拔,到后来别说寄钱回家,就连自己的生活费都成了问题。

公司不肯预支薪水,壮介进出当铺的次数日益频繁。没过多久,身边再没东西可当,每天都三餐不继。

壮介想,再也撑不下去了。他已做好心理准备,或许自己将客死街头。

就在这时,一个男人前来造访。这是个穿戴得一丝不苟的男人,对当时的壮介调查得一清二楚。

"我想向你买一样东西。"来人说。

壮介说:"我已经一无所有了。"

男人指着他:"我想买你的身体。"

男人又说:"只要住进某家诊所一年,提供身体供某项医学实验之用,就可以每个月获得报酬。那个数字将近上班族薪水的三倍,而且每半年还可以领一次额外的奖金。"

唯一让壮介却步的,是要对身体动手术,这毕竟是一件令人害怕的事。然而,经过一天的考虑,壮介下了决心。他觉得比起客死街头,身体受点伤根本算不了什么。

诊所位于瓜生工业内。从外面看来平淡无奇,里面却有各种最新颖的仪器。不管怎么看,都不觉得那是一家企业的医护站。

除了壮介,还有六名受雇担任实验对象的年轻人。大家年纪差不多,其中有两名女性,还有一名男子听说是中国人的孤儿,每个人都穷得不名一文。

他到诊所的第一周就动了第一次脑部手术。伤口马上就不痛了,但头上始终缠着绷带,无法查看被动了什么手脚。唯有被带到上原那里进行实验时,才会取下绷带。然而,那时还是看不到头部。由于洗澡时不能洗头,所以每当实验时,女护士都会替实验对象吹头皮。四周也没有镜子。纵然从绷带上触碰头部,也只有硬硬的感觉。

实验内容很奇特。上原博士会问许多问题,实验对象只要针对他的问题回答感想即可。但不可思议的是,当时发生的事总记不清楚,只记得感觉很舒服,好像很愉快,所以实验并不那么令人讨厌。

令人讨厌的是要被关在诊所这个密闭的空间里,据说一年当中一步也不能外出。这对血气方刚的年轻人而言,或许才是最痛苦的事情。

实验对象当中,有一个叫席德的男人,长相剽悍。约到了第五个月,席德提议大家先预支所有薪水,再一起找机会逃跑。

包含壮介在内,一共有三人决定参与这项计划,其中就有那个孤儿。

问题在于头部该怎么办。关于这点,席德有一个有利的消息。据说不久就会再动一次手术,将脑部恢复原状,这样就什么问题也没有了。

四人偷偷拟订计划,为逃出去做准备。最后决定由席德先向上头请求预支薪水,等到上头答应了,剩下的三人再提出要求。当时要求预支薪水的理由,是大家都想早点拿到钱。

不久,进行了第二次手术。一个月后拆除了绷带,他们照镜子一看,头上只留下一点伤痕,没有其他特别之处。

某个雨夜，四人决定逃跑。协助他们的是一名护士，众人意识到她大概和席德有那种关系。

大家在雨中奋力狂奔，到了附近的神社。已淋成落汤鸡的四人握手欢呼。

"那么，保重啦！"一阵喧闹之后，席德说。

听到这句话，其他三人又恢复了严肃的表情。

"注意身体！"

"后会有期！"

"再见。"

四人在雨幕中各奔东西。

"然后我销声匿迹了很久，等风头过去后才到中央电气开始工作。瓜生工业似乎没有太过声张。说不定那件事真的不能摊在太阳底下。不久我就有了妻小，一直过着朴实的生活。后来，过了二十年风平浪静的日子，就在我几乎忘了从前的事时，突然因意外受伤。接下来的就跟刑警先生说的一样。我被送进的那家医院，医生就在当时的医护站里工作过。可是他对我们逃跑一事只字不提，只劝我一定要请上原博士检查。他说，我们的脑袋里埋了一颗炸弹。"

"炸弹？"勇作惊讶地看着壮介的脸。

"这当然只是个比喻。"他说，"据他说，因为我们是在实验做到一半时逃跑，所以脑部没有完全恢复，不知什么时候会出现负面影响，炸弹指的就是这个意思。于是我请上原博士替我诊治，他在检查后认为，已经不宜动手术了。"

"哦？"

"他说，稍有闪失，局面可能会更糟。于是就任由炸弹埋在我脑中了。"

"那么现在也……"

"是的，"壮介点头，"炸弹还埋在我脑中。但相对地，他说会尽力做最完善的处置，以随时应变。上原博士握着我的手，为这件事情向我道歉。他说非常后悔自己当时居然抵挡不住研究的诱惑，将别人的身体当作实验对象，并说他不期望我能原谅他，但希望至少今后能在各方面助我一臂之力。"

"原来如此，"勇作点头，"是这么回事啊。"

"但不只是博士一个人有错。我并不是受骗上当，而是心甘情愿为钱卖身。博士却说，他不该抓住为钱所苦的人的弱点，他认为这是耻辱。"

勇作想，由此可见上原雅成的为人，他恐怕饱受良心的责问长达二十多年。

"不过那究竟是个怎样的实验呢？你的脑部被动了怎样的手术？"

勇作问，但江岛壮介摇了摇头。

"我到现在也不清楚。"

"不清楚？"

"是啊。上原博士也不告诉我那件事。他说不知道更好，他希望永远不让那件事曝光。不管我怎么求他，这一点他就是不肯让步。"

"电脑式是指什么？"

"我们听过那个词，但没听说过是什么意思。"

"哦……"

"我能告诉你的就是这些。"壮介说，"我不知道这些事情和这次的命案有什么关系,但只能祈求它们无关。"

勇作默不作声。它们不可能无关。

"刑警先生……你真的会保守秘密吧?"壮介再度询问勇作。

勇作肯定地点头。"我答应你。"

"但要是和命案有关……"

"那我也会在不说出这些的情况下逮捕罪犯。我想罪犯大概也不会说出这件事。"

"那就好。"

"最后,我想再请教一件事。"

勇作重新端正坐姿说道,壮介见状也挺直了背脊。

"你刚才说实验对象中有女性,对吧?"

"是的。"

"其中有没有一个姓日野、叫日野早苗的?"

壮介露出眺望远方一般的神情,良久,轻轻点点头。"早苗小姐……嗯,有。我不确定她姓什么,但确实有一名女性叫早苗。"

"果然没错……"

"她怎么了?"

"没什么。"勇作感觉心中涌起一股热流。

5

美佐子走在通往瓜生家的路上,她想回去拿些换洗衣物。

她回娘家已经五天了。

这五天,美佐子是在一种复杂的心情当中度过的。她什么也没对父母说,瓜生家也无声无息。大概是因为弘昌仍被警方拘留,瓜生家上下本来就忙得不可开交。

美佐子已经做好了离婚的心理准备,不过,她不愿意让这场婚姻就这样画下句号,至少要等到知道真相后再分手。

该怎么做才能知道真相呢?静待勇作和自己联络就好?但前几天在电话中,勇作给她的感觉和平常不太一样。

该不会当我不在的时候,发生了什么事吧?美佐子越想心越慌。

美佐子抵达瓜生家门前时,一辆轿车在她身边停下。车门打开,下车的是见过几次面的西方警部和织田警部补。

西方一看见她,淡淡一笑,点头致意:"听说你回娘家了。"

美佐子暧昧地点头,想,他果然什么都知道。但她说不出口,其实自己等会儿拿了换洗衣物就要再回娘家。

"你们今天来有什么事吗?"

美佐子一问,西方突然和织田对视一眼,然后说:"我们是来问话的,想确认一下调查上的重点。"

西方特别强调了重点两个字。

"你们要问谁?"美佐子问。

西方用小指搔了搔耳后,说:"先召集大家再说。"

美佐子本打算悄悄前往别馆,再悄悄离开,但连这也办不到了。迫不得已,她只好按下对讲机的按钮,喇叭里传来晃彦的声音。

美佐子隐藏尴尬的心情,说明原委后,晃彦说:"请他们进来。"

她带警察们到主屋后,晃彦来玄关迎接。他的目光对着警察们,而不是美佐子。

"你们是要来告诉我们,要放弘昌回来了吗?"他眼神锐利。

西方舒了一口气,回答:"那要看待会儿谈得如何。"

亚耶子、园子和女佣澄江陆续到客厅里集合。澄江站在墙边,美佐子等三个女人在沙发上坐下,晃彦半倚在家庭式酒吧的椅子上。

"真是不好意思,把大家叫过来。"西方的视线扫过众人,说道,"关于这次的命案,已经出现了侦破的曙光。我们今天特来报告这件事。"

"弘昌怎么样了?"亚耶子发出近似惨叫的声音。

西方对她伸出手,示意她少安毋躁。

"事情是这样的。前几天专案组收到一封密函,上头写了寄信人认为弘昌不是凶手的证据。目前我们还不能详细说明密函的内容,不过,经过反复讨论,我们得出一个结论。那就是密函中的内容大部分都是真的。"

当西方说出密函这两个字时,众人脸上现出了惊愕。美佐子也十分吃惊:究竟是谁寄出那种东西?

"这么一来,"亚耶子不禁开口,"弘昌是无辜的吧?"

西方却摇摇头,似乎是不希望她期待得太多。

"目前还没有决定性的证据。如果没有证据证明,基于新的见解得出的推论属实,就无法断定弘昌先生是无辜的。"

"那项新的见解是什么?"晃彦问。

西方前进几步,站在园子身旁。

"园子小姐,案发当天十一点半左右,你悄悄回到家里进入书房。可是当时十字弓就已经不见了,对吗?"

园子肯定地点头。

西方露出满意的神情，说："很好。园子小姐的说辞和密函的内容，以及新目击者的证言吻合。综合他们的说法，可知案犯在十一点四十分之前去过真仙寺一趟。推算回来，他是在十一点二十五分左右离开这间屋子……"

西方说到这里，换了一口气，将头转了一圈，观察众人的反应。美佐子也和他一样，偷看众人的表情，每个人看起来都一样紧张，没有异常之处。

"但是，当天的访客中，却没人符合这项条件。这是怎么回事？我们重新思考，于是找到了一个重大的漏洞。当天只有一个不是访客的人不在屋内。虽然这个人在屋外的时间很短，却足以将十字弓交给在外头等候的同伙。"

西方一个转身，大步走到站在墙边的那个人面前。

"就是你，澄江小姐。"

警部声音低沉。美佐子太过惊讶，反而发不出声，只是凝视着澄江的脸。澄江低着头，双手抓着围裙的裙摆。

"你在开玩笑吧，警部先生？"亚耶子带着哭音说道，"澄江不是……不是会做出那种事情的人。"

"你有什么证据？"晃彦接着问。

"证据？"

西方搔搔鼻翼，从下方盯着澄江的脸。"那么，我问你，你当天说没有待客用的茶叶了，于是出门去买，是吗？但是，前一天你就知道第二天会来大批客人，等到客人来了才慌慌张张地去买茶叶，这不是很不自然吗？"

"这种事情很常见吧？澄江难免也会忘事呀。"

西方无视于亚耶子打圆场，继续说道："但明明急着买东西，听说你却没骑自行车，是吗？茶叶店的老板娘说，你平常总是骑着自行车去买茶叶。为什么当天没有骑呢？"

澄江缄默不语，捏住围裙的手隐隐有所动作。

"爱骑不骑，随她高兴，你管她是骑车还是走路去买茶叶！"晃彦轻蔑地说道。

但西方还是不为所动。

"还有一点。当天你出门时，手里拿着黑色塑料袋。当天应该不是收垃圾的日子，你为何拿着那种东西外出？这件事是临时女佣水本和美小姐说的。"

澄江依旧闭着嘴巴。

美佐子望向其他人，园子和亚耶子已经无法开口反驳，只能看着事情演变。很明显，因为西方咄咄逼人的气势，她们渐渐失去了对澄江的信任。大概她们也希望，如果澄江是案犯，能够早点招供。

"看来你无法解释，那就由我来说明吧。"西方稍微离开澄江几步，"澄江小姐受到了某个人的指示，要她将十字弓拿到屋外。但出门必须有借口，于是她故意丢掉茶叶，制造去买茶叶的机会。十字弓和箭并不是小东西，既不能随身带着走，也不能放进皮包，所以她决定放入垃圾袋。拿着那么大的袋子，自然无法骑自行车了。"

澄江的身体微微抖了一下。

"好，那么她的同伙是谁呢？澄江小姐离开这间屋子是在十一点多，所以当时没有不在场证明的人自然会受到怀疑。"西方直捣问题的核心，"那个人就是 UR 电产的常务董事——松村显治。他是瓜生派中唯一没有变节的人。这起命案就是由这两人所为。"

美佐子感觉众人屏住了气息,将目光集中在澄江身上。

"我们费了好大一番功夫,才找出你们之间的关系。"沉默至今的织田首次开口,"不管我们怎么调查,都查不出个所以然。于是我们干脆回溯到你开始在这里工作之前的生活。事情发生在二十多年前。那么久以前的事情,谁也记不清。我们只好仰赖旧资料。"

"然后你们发现了什么?"晃彦用挑衅的眼神看着织田。

"我们试着调查当时跟松村有关的资料,发现他曾任电气零件事业部的科长。我们看了当时的员工名簿,发现同一个科里出现了你的名字。"织田对着低着头的澄江说。

美佐子当然为此感到震惊,但从晃彦的模样看来,他似乎也毫不知情。

"于是刚才我联系当时跟你们待在同个部门的人,他很清楚地记得你。他说你好像和一个有妻小的男人私奔,最后被那人抛弃了。"

"私奔?澄江吗?"亚耶子突兀地大喊出声。

"任谁都会犯错。"织田说,"但你又不好重回原本的工作岗位,而且也没有能依靠的亲戚,只好自己想办法活下去。听说,当时亲如父母般照顾你的人,就是松村。告诉我这件事的人虽不知其中详情,但安排你到这里当女佣的应该也是松村吧?他甚至可以说是你最推心置腹的人。"

织田一闭口,四周笼罩在比刚才更令人窒息的气氛下,让人连气都不敢喘一下。

或许是因为日光灯的关系,澄江的皮肤看起来一片惨白,她面无表情,犹如一尊蜡像。

西方又往她走近一步。

"请你老实说，破案是迟早的问题了。只要你不说出实话，弘昌先生就无法获得自由，只会让在场的人更加痛苦。"

织田的声音高低适中，清亮恢宏，撼动了所有人的心。

6

与江岛壮介告别后，勇作前往统和医科大学。听壮介说了那么多，勇作想，要质问晃彦应该不难。

但他怎么也没想到，早苗小姐居然是实验对象之一！

这么一想，瓜生和晃成为早苗的监护人、她住进红砖医院等许多事就说得通了。

早苗的死肯定也和实验的秘密脱不了关系。

另外，她有智力方面的障碍。那会不会是实验的后遗症？早苗原本是个正常的女人吗？

想到这里，勇作的心中燃起一把怒火，这股愤怒是针对企业而来。企业认为只要有钱，即使是人的身体也能作为研究的材料。

到了大学，勇作混在学生中，从可以自由进出的校门进入校园。

他没有和晃彦联系，而是打算毫无预警地询问对方从壮介那里听来的话，杀他个措手不及。勇作认为，对付沉着冷静的晃彦，若不使用这种手段，根本占不了上风。

之前曾经来过，所以没有迷路。勇作一找到要去的校舍，便毫不犹豫地冲上楼梯。

一看手表，已经快中午了。昨天和前天，晃彦从十点到十二点的两个小时内都待在研究室里。

勇作敲了敲门。

应声露面的是此前见过的学生。他应该是姓铃木，戴着金框眼镜的稚嫩脸庞和身上的白袍依旧很不协调。

"啊……"铃木好像想起了勇作，看到他，便半张开嘴。

"瓜生老师呢？"

"他今天还没来。"

"请假了？"

"不，"铃木偏着头答道，"他没有打电话来说要请假。"

看来今天似乎无法马上见到要找的人。

"这样啊……我可以在这里等一下吗？"

"好的，请便。"铃木敞开大门。

勇作不好意思地走进一看，研究室里面还有两个学生，坐在各自的书桌旁。他们一看到勇作，满脸狐疑地向他点头致意。

铃木向他们解释勇作来的原因，两人才接受似的重重点头。

勇作在曾坐过的客用简易沙发上坐下。

铃木在流理台附近烧水，洗起了咖啡杯，似乎要请勇作喝速溶咖啡。

"那起命案大概会如何收场呢？"铃木边从瓶子里舀咖啡粉，边婉转地问道。

"不清楚，目前还没查出个所以然。"勇作打起马虎眼。

"我听说瓜生老师的弟弟被带走了，他真的是凶手吗？"

"这还不知道，目前正处于向他听取案情的阶段……哎呀，真是麻烦了。"

铃木将速溶咖啡端了过来。勇作喝了一口,有一种令人怀念的滋味。

或许是不好意思问太多,铃木欲言又止地回到自己的座位。其他两个学生也面对着书桌,没有往勇作的方向偷看。

勇作环顾室内。墙上到处贴满了看不懂的图表,其中包括脑部的各种切面图。

"我这样问可能很怪……"勇作对着三个学生说。三人几乎同时抬起头。

"你们知道电脑这两个字吗?电气的电,大脑的脑。"

"你指的是computer吧?"一个小脸的学生说,他身后的两人也点头。

"那电脑式心动操作呢?"

"电脑式……什么?"

"是这样写的。"勇作拿粉笔在一旁的黑板角落写下这些字。三人都侧着头,不知其意。

"没听过。"

"我也不知道,那到底是什么?"

"哦,"勇作用板擦将字擦掉,"也没什么。这是很久之前的事情,也难怪你们不知道。"

他回到沙发,拿起咖啡杯。当学生们要继续做自己的工作时,铃木开口说:"噢,对了。你之前问过那天午休有没有看到瓜生老师,对吧?"

"嗯。你说没有看到,是吗?"

"是的。关于那件事，"铃木脸上露出尴尬的神情，然后浮现害羞的笑容，"昨天我发现，老师他确实是在这里。"

"怎么说？"

"你看这个。"

铃木从自己桌上拿起一张纸，递给勇作。那是计算机用纸，上头印着几个片假名小字，好像是什么书名，而纸张留白的部分则以红色铅笔写着"铃木：请在明天之前搜集好以上资料，瓜生"。

"我们大学有一套检索文献资料的系统。只要输入关键词，就能找出相关的文献资料，并查出大纲。老师那天打印出了这些资料的标题。当我回到这里的时候，这个就放在我的桌上。"

"但那未必是在午休时打印出来的吧？"

"肯定是，因为这里有时间。"铃木指着纸的右边。

那里除了日期，确实还印着"12:38:26"，意味着打印开始的时间。

勇作开始感到轻微的耳鸣，不，并不是耳鸣，而是听见了自己的心跳声。

他舔了舔嘴唇，然后问："这确实是瓜生医生的字？"

铃木重重地点头。"没错。看起来潦草，但仔细看一下，其实是很漂亮的字迹。"

勇作将纸还给铃木，手仿佛要开始颤抖。

晃彦有完美的不在场证明。如果他十二点四十分左右在这所大学里，就绝对不可能犯罪。

那小美看到的那个背影是谁呢？

当勇作瘫坐在沙发上时，西装里的呼机响起，他手忙脚乱地切掉铃声。学生们一脸惊讶。

"可以借用电话吗？"

"好的，请用。外线请拨 0，由总机转接。"

勇作打到岛津警局，接电话的是渡边警部补。

"你马上给我回来！"

"发生了什么事？"勇作问。

"好消息！破案了。内田澄江招了。"

7

织田第一次觉得松村显治可疑，是在和勇作一起到 UR 电产总公司会客室见他的时候。织田很在意松村当时随口说的一句话。

当织田和松村针对这起命案展开论战时，松村说："即便如此，也不可能欺近须贝社长……你们警方还是应该考虑，是谁从坟墓后面瞄准社长的背部放箭。"

重点在于"坟墓后面"这几个字。

"听到这几个字时，我想，这个男人大概没看新闻。新闻播过好几次，称：'现场发现了脚印，所以凶手可能是从墓地的围墙外瞄准须贝正清。'不过，常务董事不太可能不清楚社长遇害的命案的情况。他为什么会说出这种话？是单纯地记错？当时我突然想到，说不定这个男人说的是实情。我想他会不会是基于某种原因知道了真相，一时不小心说漏了。后来局里收到密函，更加令我惊讶，因为我们原本认定的凶手在射箭的地方留下的脚印，或许只是凶手在藏十字弓时留下的。如果是这样，射箭的地方可能不对。考虑到准确性,就像松村说的,当然要从邻近的坟墓后瞄准须贝正清。和命案无关的人不可能知道真相,所以我怀疑这个男人就是凶手。"

当天晚上的调查会议上,织田扬扬得意地报告。前几天第一次听到这番推论时,勇作没想到真会给他说中。

总之,正是这番推论使警方转而将调查重点放在松村的不在场证明,以及他与澄江的关系上。

去请松村显治到警局的刑警说,他几乎毫不抵抗,乖乖顺从,想必已经做好了会有这么一天的心理准备。和刑警离开公司前,他只打了通电话给邻居,请对方代为处理他饲养的猫。

"如果您能收养它自然是再好不过。如果不行,请和卫生所联系……是,我也不好意思造成您的困扰……是,一切就麻烦您了。"

他似乎是向对方解释,自己必须离开家好一阵子。松村显治孤家寡人一个,没有妻儿,也没有兄弟。

松村进入审讯室之后,爽快地全部招认了,反倒让审讯官觉得扫兴。

负责审讯的刑警说:"他在我问话之前就招了。"

松村说,他的杀人动机有二。一是他无法忍受瓜生家一手建立的 UR 电产沦为须贝的囊中物,二是瓜生派中唯一没变节的他肯定会遭到须贝的迫害。为了阻止须贝那么做,他只好先下手为强。

"还有,"松村笑着说,"那人是个疯子,不能让疯子掌权。"

刑警问:"他哪里疯了?"

松村挺胸回答道:"他应该今后才会发疯,所以我要防止他伤及无辜。"

西方的上司绀野警视认为,基于这个回答,说不定需要让松村接受精神鉴定。

松村犯罪的过程几乎和专案组想的一样。

企图杀害须贝正清的他，注意到当天瓜生家里聚集了许多人，于是想到将瓜生家的十字弓作为凶器使用。他认为这么一来，警方大概就不会怀疑他了。很幸运，长年来有老交情的澄江就在瓜生家里帮佣，松村决定说服她，让她将十字弓拿出屋外。

松村针对这一点声称："她没有任何责任。"他只告诉澄江，说想让认识的古董商看看那把十字弓，希望澄江将它偷偷地拿出来。但她知道命案发生时，应该就知道是松村所为。关于这一点，松村认为她基于彼此关系亲密，而且相信他迟早会去自首，才知情不报。

然而，审讯澄江的刑警却听到了迥然不同的口供。她说听到松村的目的后，她决定出力相助。因为这样，当她知道弘昌被逮捕时，才会过意不去。

"我一想到松村先生，就觉得不能告诉警方，因此痛苦不堪。可是听警方说到弘昌先生的事，我不得已说了出来。"

现阶段还没有决定采信谁的供词。松村说，澄江知道他要犯案，他却还骗她将十字弓带出来，这番话确实有不自然的地方。另一方面，澄江实在不可能在听了松村的杀人动机之后，还肯爽快答应帮他的忙。

关于密函，松村说是他写的。他说是为了救弘昌，才会想在不让警方识破的程度内写出真相。为慎重起见，警方让松村背出密函的内容，虽然几个细节有出入，但应该可以判定是松村本人所写。

"给你们警方添麻烦了。"松村显治坦承一切，道完歉后，问了审讯官一个问题，"警察先生，我应该是死刑吧？"

审讯官回答:"应该不至于。"

松村微笑着说:"是吗?那么,我还有第二次人生喽。"

审讯官事后向大家报告,当时松村的眼神简直就像即将参加入学典礼的小孩。

8

杀人案是解决了,但对勇作而言,一切还没结束。专案组解散当天,勇作拨了通电话给瓜生晃彦。

"我该说,辛苦你了?"晃彦在电话那头说。

"在这起案件中,我什么也没做。"勇作说完,耳边传来了意有所指的笑声。他压抑住想出言不逊的情绪,平静地说:"我有话想对你说。"

"嗯。"晃彦说,"和你聊聊也好。"

"我去你家,几点方便?"

"不,我们在别处见面。"

"有什么好地方?"

"有一个绝佳的去处,我想在真仙寺的墓地碰面。"

"墓地?你说真的?"

"当然。五点在真仙寺的墓地。如何?"

"好。我不知道你要搞什么花样,不过我奉陪。五点?"

勇作再次确认时间,挂上了话筒,然后侧着头想,这家伙说话真怪。

勇作在写报告时，看到一个年轻刑警将十字弓和箭放进箱子，准备外出，便问道："那个要怎么处理？"

"我要拿去还给瓜生家。用来犯案的箭和弘昌处理掉的箭作为证据由我们保管，但十字弓有艺术品的价值，得还给人家。"

"那支箭呢？"

"这是没有被用来犯案的第三支箭，案发次日在瓜生家的书房里找到的。"

勇作这才想起是有那么一支箭，原来还有一种偶然是命中注定的。毒箭只有一支，一开始弘昌拿走的并不是毒箭。如果那是毒箭，松村射出的就是不含毒的箭。那样须贝正清或许就不会死了。

这对松村而言，该说是他运气好吗？

勇作稍作思考，这个问题似乎不容易下结论，他放弃了。

"那把十字弓和箭，我替你拿去瓜生家。"

"咦？真的？"年轻刑警露出喜出望外的表情。

"嗯，我正好有点事情要办。"

年轻刑警也不客套，笑容满面地将箱子搬到勇作的桌上。"哎呀，真是谢谢你了。"

距离和晃彦碰面还有充分的时间。勇作接下这项杂务，是因为他想或许能见到美佐子，她昨天回瓜生家了。

抵达瓜生家，走近大门，勇作将手伸向对讲机的按钮。但在按下按钮之前，他的目光停在正在大门对面清扫庭院的美佐子身上。

"太太。"勇作低声唤她。她没听到，勇作又叫了一次。

她抬起头来动了动嘴，做出"哎呀"的口形。那一瞬间，勇作一惊，因为她看起来比平常还要耀眼动人。

"请进。"美佐子说,勇作从小门进入。美佐子马上察觉他手上的箱子。"那是什么?"

勇作做了说明。美佐子一想起命案的事情,表情终究还是变得僵硬。

"它们又回到这里了。"勇作压低声音说。

美佐子的脸上隐隐透出苦笑:"你也知道澄江小姐不在了。所以我得稍微帮点忙,做做家事才行。"

"哦,"勇作端详她的脸,"你是个好媳妇。"

美佐子摇头:"你别取笑我了,我哪是什么好媳妇!"

"我真的那么认为。"

"别说了。倒是……"美佐子往主屋的方向看了一眼,稍微伸长脖子,将脸凑近勇作,"那件事后来怎么样?你有没有查到什么?"

"嗯……我被命案弄得焦头烂额,结果那些资料和那件事并无相关,实在很难调查。"勇作发现自己讲话含混不清,不敢正视美佐子的眼睛,因为他不能告诉她壮介的秘密。

但美佐子出乎意料地没有深究,反而拜托他:"那么,你如果知道什么,要告诉我。"

"我知道。"勇作回答,"我该走了,这个箱子放哪里好呢?"

"没关系,你放在这里就好。我待会儿再搬进去。"

勇作将箱子放在脚边,然后打开盖子。"作为形式,能不能请你确认一下箱子里的东西?"

"好。不过一想到这被用来杀人,就觉得很可怕。"美佐子蹲下来瞄了箱里一眼,然后拿起箭说,"这个是……"

"没有用过的第三支箭,听说放在木柜的最下层。警方借来供参考用。"

"噢，是那支啊。"她边说边盯着箭，但旋即歪了歪头，"咦？"

"怎么？"

"嗯，那个……说不定是我记错了，但这支箭的羽毛不是掉了一根吗？"

"什么？"勇作接过箭一看，三根羽毛都和箭紧紧粘在一块儿，"这支箭好好的嘛。"

"是啊，真是奇怪。"美佐子依旧沉着脸，"我记得当时还想，这支箭大概是因为掉了一根羽毛，所以放在不同的地方。这其中会不会有什么误会呢？"

她边说边将箭放回箱中。勇作一时眼花，以为自己看见她的纤纤玉指和金属质地的箭交缠在一起。

那一瞬间，一股微弱的电流麻酥酥地在勇作周身百骸奔窜，接着全身泛起鸡皮疙瘩，直冒冷汗。

"哎呀，你怎么了？"美佐子回头，看到他的脸色有异，不安地问。

"没什么。"他勉强出声，"我还有事，没时间了。这就告辞。"

"嗯……你会再跟我联系吗？"

"会。"

勇作勉强稳住脚步，走出大门。但一踏出大门口，他就像是放开了已拉到极致的橡皮筋一般，拔足狂奔。

尾声

墓碑的一面沐浴在夕照下,染成一片朱红。

勇作大步走在夕阳余晖下,踩过泥土发出的声音,消逝在沁凉的晚风中。

瓜生晃彦站在瓜生家的坟前,两手插在裤子口袋中,眺望远方的天空。他似乎听见了脚步声,将脸转向勇作。

"你很慢哪。"他缓和了唇边的线条,说道。

勇作默默朝他走去,在他身前几米处停下脚步,凝视着他的脸。

"因为我来之前先去鉴识了一样东西。"勇作说。

"鉴识?"

"嗯。去确认一件重要的事。"勇作慢慢地继续,"就是箭的羽毛。"

晃彦的表情只僵了几秒,马上又恢复原状,眼角甚至还浮现出微笑。"然后呢?"

"美佐子还记得,"勇作说,"她看到单独放着的第三支箭时,箭上掉了一根羽毛。可是,那支箭单独放着并不是出于这个原因。那一支正是毒箭。弘昌拿走的和澄江小姐交给松村的都不是毒箭。"

晃彦一语不发，似乎打算先听勇作说完再做反应。

"但松村射中须贝正清的正是毒箭。为什么会这样？原因只有一个——松村将十字弓和箭藏在这个墓地的围墙外之后，有人将无毒箭换成了有毒箭。"

勇作做了一个深呼吸。他看见晃彦微微点头。

"那个人可能知道松村的计划，所以到这里来观察情形。当发现十字弓和箭、知道箭上没毒时，他慌了。因为人若被一般的箭射中，死亡率非常低。于是他拿着那支箭，急急忙忙赶到瓜生家，偷偷溜进书房，将手上的箭换成毒箭。当他要从后门离开时，被美佐子看见了。"

晃彦或许是害怕听勇作提到美佐子的名字，只在这一瞬间低下了头。

"换完箭后，他意识到一件事，即他在这段时间内没有不在场证明。于是他打电话到工作场所附近的套餐店，点了正好在自己回去时会送到的外卖。正因如此，他才不得不点自己讨厌的蒲烧鳗。"

勇作继续说："这就是命案的真相。"

勇作说完后，晃彦依旧沉默了好一阵子。他时而看着脚边，时而望向夕阳。

"原来如此啊，"他总算开口了，"原来是蒲烧鳗露出了破绽。不过，你记得可真清楚。"

"那当然，"勇作应道，"只要是你的事，我都记得。"

晃彦舒了一口气。"我该为此感到高兴吗？"

"天知道。"勇作耸耸肩。

"关于换箭一事，你有什么证据？"

"调查实际使用过的箭就会知道。我刚才亲眼确认过了。三根羽毛当中,有一根有用接着剂黏合的痕迹。我想,那大概是瞬间接着剂吧。"

"哦。再加上美佐子的证言,说不定就能证明这一点了。"

晃彦叹了口气,但勇作说:"不,她什么都没发现,知道这件事的只有我一人。"

"你不告诉上司?"

"告诉也没意义。我想光是这样大概不足以成为证据。重点在于射箭的人是松村,不是你。"勇作盯着晃彦的眼睛,静静地说,"你赢了。"

晃彦扭开脸庞,眨了眨眼,然后看着勇作说:"听说你见过江岛先生?"

壮介似乎已经告诉晃彦,勇作去找过他。

"不过,我还有很多事情想不通。"

"我想是吧。"晃彦从口袋里伸出右手,将刘海拨上去,"你知道上原博士在谏访疗养院待过吗?"

"知道。"

"那么,我就从那里说起吧。"

晃彦环顾四周,在瓜生家坟边的石阶上坐下。

"脑医学学者上原博士待在谏访疗养院时,遇见了一个非常有趣的病例。那名患者的头部侧面中了枪,但一般生活几乎都没问题。不过,他对特殊的声音和气味会产生极为敏感的反应,那些反应五花八门,有时是露出恍惚的神情;有时是兀自发笑;有时严重发作,还会大吵大闹。博士对他进行许多检查之后,发现他头部侧面的神

247

经线路有问题,一旦受到某种外来刺激,那个部分就会产生异常电流。于是博士提出了一个假设,认为那个部分有控制人类情感的神经,可能是因枪伤而产生的异常电流刺激了那种神经。为了确认这点,博士刻意对他施加电流刺激,观察他的反应,结果发生了意想不到的事情。"

勇作吞了一口口水,想象不到究竟发生了什么。

"那名患者的样子开始变得怪异。"晃彦说。

"病情恶化了?"

"那倒不是。变得怪异的是他的行为,那名患者说他喜欢博士。"

"咦?"勇作惊讶不已。

"那名患者话本不多,却在实验进行的过程中变得饶舌,开始说出那种话。甚至还说,只要是博士说的话,他一定全都遵从。实验结束后,他平静了好一段时间,说他不太记得实验时发生的事情了。反正博士也不用拒绝他的示爱,因为这名患者是个性取向正常的男人。"

"他为什么会说出那种话?"

"博士刺激的神经是主管情感的,这点毋庸置疑。另外,博士发现,这名患者听到某种频率的声音时,也会出现相同的反应。即是说,当博士让他听那种声音时,他就会一直认为自己爱博士。"

勇作摇摇头,这真是匪夷所思。

"博士将这起病例与实验内容整理成一份报告,并下了一个结论,认为如果运用这项实验技术,可控制人类的情感。然而,即使这是一项划时代的发现,这份报告却几乎没有见过光。当时战争刚结束,没有能正式发表的场所。况且,上原博士也必须将心力投注在自家医院的重整上。就这样过了几年，瓜生工业社长瓜生和晃，即我祖父，去找博士，说他对博士先前的研究成果非常感兴趣。"

"我不懂。为什么制造业的社长会对那种东西感兴趣？"勇作说出了长久以来的疑问。

"要说明这一点，就必须先说明瓜生工业这家企业的文化。瓜生工业原本是一家专门从事精细加工的公司，战争期间因为军方的命令，负责制造武器的精细零件。我祖父因此和政府某相关人士搭上了线。这人似乎是只老狐狸，他不知从哪里弄来了上原博士的报告，跑来找我祖父商量。他认为如果能将精细零件植入人类脑中，就能从外部传送电波至脑部，进而控制人类的情感。如果能做到这点，就能让任何人成为间谍……"

勇作瞠目结舌。居然还有这一招？"战败之后，马上就有人想到那种事情？"

"这就是想法的不同了，他们的说法是这样的。无论怎么研究，也不可能立刻实现这件事。然而，只要立刻开始累积基础研究，将来总有一天会开花结果。到时候，征战的对象就是全世界了。"

"痴人说梦！"勇作啐了一句。

"没错。但我祖父却参与了那项计划。他像是着了魔，幻想用科学的力量操控人类。于是他接近上原博士，让博士在瓜生工业展开研究，即名为'电脑式心动操作方式'的研究。为了这项研究，博士找来七个贫困的年轻人，进行人体实验。应该说我祖父和上原博士都疯了。"

"那么这项研究是在政府的协助之下进行的？"

晃彦皱起眉头，轻闭双眼，摇了摇头："这我不清楚，并没有留下这方面的资料或证据，表面上看，是一家企业以极机密的方式进行研究。"

"嗯……研究后来怎样了？"

"就某种程度而言，研究成功了。博士确定可以以电流刺激受验者控制情感的神经，操控其意志和情感的变化。博士紧接着想制造出一种症状，让实验对象能像在诹访疗养院里遇到的那名患者一样，对某种声音产生反应。但这项实验进展得并不顺利，实验对象没有出现预期的反应。就在反复实验的过程中，发生了一件预想不到的事情。七名实验对象当中，竟然有四人逃跑。"

"那我知道。"

那四人中就包括江岛壮介。

"他们原本就是身份不明的人，找起来并不容易。再说，这项实验也不能让世人知道，于是博士姑且用剩下的三人继续实验。后来终于找到了让他们产生敏感反应的条件。博士等人欣喜若狂地取得资料后，便将他们的脑部恢复了原样，但这却是一个陷阱。"

"陷阱？"

"嗯。博士自以为将实验对象的脑部恢复了原样，但实则不然。三名受验者当中死了两人。"晃彦面容扭曲地说。

勇作屏住气息问："为什么？"

"不知道，至今仍是个谜。"

"三人当中死了两人……那么，剩下的一人呢？"

"命是保住了，但智力明显降低，减退到幼儿的程度。"

"智力降低、幼儿程度……那个人该不会是……"勇作欲言又止。

"日野早苗小姐。"

晃彦点头，边从外套的内袋里拿出勇作的笔记本，边说。

太阳渐渐西沉，天空中的彩霞似乎也即将消失。

"牺牲了那么多人，我祖父他们好像终于清醒了，于是决定冻结那项研究，将此前的资料汇整成两本档案夹，一本由上原博士保管，另一本存放在瓜生家的保险箱中。那项研究从此成了永远的秘密。不过事情并未完全落幕，负责研究的相关人员不放心逃跑的四个人。你可能听江岛先生说了，他们的脑中就像被人埋了一颗炸弹，必须设法处理。首先该做的就是找出他们四人。这是一件很困难的工作。不过，在机缘巧合之下，找到了其中三人。上原博士当时还健在，他负责检查他们。那个资料夹中也收了记录他们三人身份和当时症状的资料。"

"三十年后，有个男人想夺取那个极为机密的资料夹，是吧？"
听到勇作这么一说，晃彦苦笑。

"须贝正清的父亲也参与了研究。研究计划遭到冻结之后，他父亲似乎仍想暗自重新展开研究，他们父子的怪异程度真是不相上下。只不过当我祖父死后、我父亲还健在时，他无从下手。那或许正象征着瓜生家和须贝家之间的角力关系。我想，恐怕是正清的父亲命令他，要由须贝家的人重新展开那项计划。他们对该计划非常执着，所以看到我父亲倒下，实权又将回到自己手中时，便开始一步步着手准备。"

"于是他从瓜生家拿走了档案夹，但遭到了意想不到的抵抗，是吗？"

"当我知道档案夹落入须贝手中后，马上和松村先生联系，因为必须从许多方面拟定善后措施。"

"松村站在哪种立场上？"勇作问。

"计划展开时，他刚进公司担任技师，在实验中负责与电流相关的工作。他是亲眼看到实验情形的少数人之一，听说那简直不是人做的事情。他说每次眼看着受验者的样子改变，就想逃走。可想而知，当他知道有人因此而死亡的时候，遭受的打击有多大。后来他罹患神经衰弱，过了很久才恢复。他现在依然对自己参与那项实验后悔不已。"

勇作想，如果松村当时还是个年轻人，会出现那样的反应是理所当然的。刚才晃彦也说过，上原和瓜生和晃都疯了。

"是你们中的谁提出要杀害须贝的？"勇作问，但晃彦断然否认。

"没人提出，我们不曾谈到那种事。不过，我们俩心里想的却是同一件事。"

"于是你们共谋杀害他？"

"共谋的人是松村先生和澄江小姐。澄江小姐也听松村先生说过瓜生家的秘密，应该理解事情的严重性。如果能够避免，我并不想将她卷入这件事。"晃彦遗憾地蹙眉。

"你原本打算怎么做？"勇作问，"你果然还是打算杀掉须贝吧？"

"当然，"晃彦说，"那份档案夹绝对不能交给那个男人，连让他看也不行。"

"为了不让他重复那种疯狂的研究？"

"那也是原因之一。不过更重要的，是不能让须贝知道目前还有三名受害者活着。要是须贝知道了，一定会去找他们。我们有义务保护那三人的生活。"

"况且,其中一人是你的岳父。"

"不光是因为这样。他们其中一人已经成了政坛上举足轻重的大人物。要是须贝知道那个人的脑中依旧存在控制情感的线路,不知道会采取怎样的行动。"

"政坛?"

勇作听到这两个字,想起了江岛壮介说的话。计划逃亡的带头者好像叫席德,而目前身为某派系的智囊、闻名全国的人也叫席德。

晃彦察觉勇作发现了什么,低声说:"这件事极为机密。因为是你,我才说。"

"我知道。总之,你是因为这个理由,才决定杀他的?"

"只有这个方法才能解决问题。"

"果然是用十字弓?"

晃彦闻言,忍俊不禁。"怎么可能?我打算用手枪。"

"手枪?"

"我父亲的遗物之一,但没人知道他有那把枪。我想,这最适合当凶器。于是我来勘查现场,结果却发现这里藏着十字弓和箭。我想,大概是松村先生藏的。如果有人替我动手倒也不错。但发现那不是毒箭时,我慌了。剩下的一如你的推理。"

"松村知道是你换的箭吗?"

"不,他到现在大概也不知道。"晃彦回答,"因为他一心以为三支箭都有毒。"

"原来是那样啊……"勇作低喃,然后想到了一件事,"那封密函……是你寄的?"

晃彦尴尬地搔搔人中。"为了救弘昌，我只好那么做。我试着告诉松村先生，我想寄那种密函给警方。他认为那么做无妨。他说，如果因此被捕，那也只有认命。"

勇作这才想通，难怪松村会那么干脆地认罪。原来他从一开始就已做好心理准备。

"你一得知须贝正清遇害，马上就去了须贝家，对吧？是为了夺回档案夹？"

"是啊。此外还有一个目的，就是没收留在须贝家的资料。"

勇作想，所以须贝正清的父亲留给他的那本黑色封面的笔记本才会不翼而飞。

"我弄清须贝正清遇害的始末了，也能理解你们不得不那么做的理由。"

晃彦缓缓地眨眼，将下巴抬到四十五度角。

"不过，你还没说到重点。"

"我知道，"晃彦说，"早苗小姐的事，是吧？"

"我祖父去世后，接任社长的是须贝正清的父亲忠清。他企图让那个计划在自己手上复活，却没有研究资料。于是他看上了唯一的生还者早苗。他认为如果聘请学者调查她的脑部，应该就能掌握各种专业知识。"晃彦再次开口。

"须贝他们那天晚上想抓走她？"

"好像是。他们大概认为，要抓走低能的她只是小事一桩，而且想将那个计划保密的上原博士等人应该也不会张扬，但没想到她抵死不从，结果就……"

晃彦没有说下去。

"原来如此……"

勇作咬紧了牙根。原来早苗是想从来路不明的男人手中逃离，才会纵身从窗户跳下。勇作还记得她生性胆小。他心中涌起悔恨，他好几年不曾眼眶泛热了。

"这个还你。"晃彦递出笔记本，"多年的疑问解开了吧？"

勇作收下笔记本，看着封面的文字——脑外科医院离奇死亡命案调查记录。他想，或许不会再翻开这个笔记本了。

"对了，我想告诉你一件关于早苗小姐的事情。"晃彦有些正经地说。

"什么？"

"我刚才说过，她在动完脑部手术之后智力开始减退。但其实，她的身体在那之前就有了变化。"

"变化？什么变化？该不会是……"

"她怀孕了。"晃彦说，"似乎是与其他受验者怀上的小孩。她本人无意堕胎，所以当时正在待产。从怀孕的第六个月起，她出现了精神异常的情形，到了第八个月，她的智力明显开始减退。相关人士慌了手脚，因为在这种情况下，就算小孩子生下来了也无法养育。不过，他们也束手无策了，迫不得已，只好让她分娩。她产下的是男婴。"

"早苗小姐有小孩……"

勇作想起了一件事。她总是背着一个洋娃娃，是将那当成了自己的小孩。

"那个孩子后来怎样？"

晃彦先是移开视线，隔了一会儿才说："被人领养了。相关人士当中，有人的妻子因为体弱多病无法生小孩，是那个人领养了早苗小姐的孩子。上原博士能够在出生证明上动手脚，让那个小孩以亲生骨肉的身份入籍。那名相关人士的妻子长期住在疗养院里，只要说是她在那里生的，亲戚们也就不会觉得可疑了。这件事情在相关人士当中，也只有当事人和当事人的父亲，以及上原博士知道。"

"当事人和当事人的父亲？"勇作听到这几个无法理解的字，表情变了，"你这话什么意思？相关人士当中，就只有你祖父与你父亲这一对父子……"

勇作看着晃彦的脸，一时间什么也说不出来。"是……你？"

"我高二时知道了这一切。"

"是吗……"

勇作不知道自己还能说什么，眼前的这个男人身体里流着和早苗相同的血液。想到这里，他的心中萌生了一种类似略感忌妒的微妙情感。

"对了，那个笔记本里写道，你去早苗小姐的坟前祭拜过？"晃彦指着勇作的手边问。

"只去过一次。"

"你记得那座墓在哪里吗？"

"不记得了，后来父亲再没带我去，我早就忘了。"

晃彦从石阶上起身，面对瓜生家的墓。

"早苗小姐就在这下面。"

"什么？"勇作失声惊呼，"不会吧？不是这种墓。"

晃彦却说："这里大约五年前重建过。她的确就在这下面。她是我的生身母亲，所以我父亲将她葬进了这里。"

勇作走近坟墓，环顾四周。当时看到的情景是这副模样吗？觉得应该更大，肯定是因为自己当时还小。

勇作回过神来，发现晃彦正盯着自己，于是向后退了一步。

"你不觉得这是不可思议的缘分吗？"晃彦问他。

"缘分？"

"你和我啊，你不觉得？"

"当然觉得，"勇作回答，"不过，知道事情的来龙去脉之后，或许也就不觉得那么不可思议了。你的身世如此，而我又一直对早苗小姐的死心存疑问。我们两个人会扯在一起也是理所当然。"

"不，真的是那样吗？撇开我的事情不谈，为什么你会对早苗小姐的死那么执着呢？"

"那是因为……她对我而言是一个重要的人。再说，这也是我父亲生前很在意的一起命案。"

"可是，为什么早苗小姐会那么吸引你？另外，为什么令尊只对那起命案感到遗憾？"

晃彦连珠炮似的发问。

勇作懒得回答，用力摇头。

"你想说什么？"

"你到她坟前祭拜，"晃彦说，"那本笔记里写到你们到她坟前祭拜的事。很奇怪。我听我父亲说，应该只有领养她小孩的人，才知道早苗小姐埋在瓜生家的墓里。"

"……什么意思？"

"能到她坟前祭拜的，只有领养她小孩的人家。"

"你是想说，只有你们能去祭拜她吗？"

"不是。除了我们，就算还有人去祭拜她也不奇怪。毕竟……"晃彦做了一个深呼吸，然后继续说，"毕竟，早苗小姐生下的是一对双胞胎。"

勇作无法立即理解这句话的意思。

不，他能理解，但应该说事情太过突然，他无法相信。

"你说什么？"勇作发出呻吟。

"早苗小姐生下了一对双胞胎。其中一人由瓜生直明收养，另一人则是由妻子患有不孕症的夫妇收养。这对夫妇也是在上原博士的协助之下，让孩子以亲生骨肉的身份入籍。这两个小孩是异卵双胞胎，所以不像一般的双胞胎那样长得一模一样。"

晃彦的声音钻进勇作耳中，勇作感觉脚下仿佛裂开了一个大洞。

"你说什么？"勇作又问了一次。

晃彦没有回答，只是点了点头。

沉默持续了良久，风从脚边拂过。

勇作想，一切都说得通了。那么热衷寻求早苗命案真相的兴司，居然会在和瓜生直明谈过话后放弃调查。这是因为当时瓜生直明告诉他，早苗是勇作的亲生母亲。恐怕当时瓜生直明是拜托他，什么都别问，停止调查就是了。

勇作看着晃彦的脸，晃彦也看着勇作。

原来是这样啊！

难怪……

勇作第一次遇见晃彦，就知道自己为什么无法喜欢这个人、为什么莫名地讨厌他了。

因为，他们太像了。

勇作自己也觉得两人很像，但他不愿承认。他无法忍受自己像谁，或谁像自己。

朋友当中也有人说他们两人长得很像。然而，每当这时勇作都会大发雷霆，久而久之，再没有人这么说了。

"高二的时候，我得知自己有个兄弟，但并不知道是谁。没想到居然是你。"晃彦叹息着，感触良多地说。

"让你的想象幻灭了？"

"不，你很适合。"晃彦语带玄机地说，"事实上，第一次见到你，我就有种特殊的感觉。不过，大部分是忌妒。你的年纪和我相仿，拥有的却截然不同。你有自由，能够随性而活，还有一种让人喜欢的气质。"

"你不是比我富有吗？"

晃彦脸上的笑容瞬间消失。他低下头，然后又笑着抬起。"被富裕的家庭收养更好吗？"

"我是那么认为。"勇作想起自己生长的环境，说道，虽然他对自己从小在那个家庭长大并没有任何怨言。

"你知道我们的父亲是谁吗？"勇作试探着问。

"知道是知道，但他下落不明。他是最后一个逃亡的人。"晃彦回答。

"他是个怎样的人？"

晃彦不知该如何回答，隔了一会儿才说："他是中国人的孤儿。"

"中国人……"

勇作看着自己的手掌。

259

原来自己的身体里流着外国人的血。他这才想起早苗总是唱着外国歌曲。

"我父亲告诉我所有的事情之后，说：'瓜生家的人必须在各方面赎罪。虽然觉得对你过意不去，但希望在我身后，你能接下我肩上的重担。正因如此，我才会从小对你施行各种英才教育。'于是我说：'既然如此，我会用自己的方式去做。我要念脑医学，将受害者恢复原样给你看。'最后我想去中国寻找生身父亲，亲手治好他。"

"所以你才会去学医……"

又解开了一个谜。眼前的男人之所以想当医生，果然不是闹着玩的。

"很奇怪，你是受害者这边的人吧？为什么你得赎罪？"

晃彦仿佛看到了什么炫目的东西般，眯起了眼睛。

"这和身上流着何种血液无关。重要的是，自己身上背负着何种宿命。"

"宿命。"

这两个字在勇作的脑海中回响，他开始对刚才忌妒晃彦被瓜生家收养而感到羞耻。因为这一宿命，晃彦失去了天真，必须牺牲掉人生的大半。为什么自己会羡慕处于这种境地的他呢？

"我全懂了，"勇作低喃道，"看来是我输了。我是赢不了你的。"

晃彦笑着挥挥手："没那回事，你还有美佐子。关于她，我是一败涂地。"

"她啊……"

勇作眼前浮现出美佐子的脸——十多年前的她。

"你和她结婚，也是赎罪的一部分吗？"

勇作突然想到这件事情,他开口问晃彦。晃彦的表情变得有些严肃。

"遇见她的契机的确是那样。就像我父亲长期以来做的一样,我是基于补偿受害者的想法和她见面的。但是……"晃彦摇头,"我并非因为赎罪和同情才和她结婚,我没有那种扭曲她的人生的权利。"

"但她很苦恼,"勇作说,"她想了解你,你却拒绝让她了解。你不愿对她敞开胸怀,连房门也上了锁。"

"我完全没有不让她了解我的意思。"说完,晃彦微微笑了,他眼中有着无限的落寞,"坦白说,我本来相信我们会相处得更融洽。我不想让她发现瓜生家的任何秘密,希望带给她幸福。"

"原来也有你办不到的事情啊。"

听到勇作这么一说,晃彦的笑容中浮现出一抹苦涩。

"我自己也衷心期盼,能够和美佐子心灵相通。和她在一起的时间越久,这个念头就越强。可是,在这种心情下,我没有自信能继续保守秘密。我害怕自己可能对她说出一切,以得到解脱。我把房门上锁,并非为了不让她进去,而是为了防止自己逃到她身边。"

"心门上的锁啊……"

"但生性敏感的她似乎轻易就发现了我的不自然之处。对她,我举双手投降,我是进退两难啊。"说完,晃彦真的微微举起双手。

"那你打算怎么办?"勇作问,"不是前进,就是后退,你总得选一个。"

晃彦霎时低下头,然后再度抬头,直直地盯着勇作,说:"照目前的情况看来,已经瞒不下去了吧?"

勇作点头。他有同感。

"我打算慢慢向她解释。"晃彦继续说道。

"这样很好。"

勇作想起了刚才见到的美佐子。她会回到瓜生家,肯定是因为感受到了晃彦的决心。她看起来耀眼动人,也是出于同样的原因。

勇作想,她的心再也不会向着自己了。

"一败涂地。"勇作低喃道。

"什么?"晃彦问。

"没什么。"勇作摇摇头。

勇作望向远方。

"太阳完全下山了。"

四周渐渐笼罩在暮色之下。

勇作高举双臂,说:"那么,我们差不多该走了。"

晃彦点头。

勇作走了几步,然后停下脚步,回头问:"最后,我可以再问你一个问题吗?"

"什么?"

"先出生的人是谁?"

晃彦在黑暗中微微笑了。

勇作听到耳边传来晃彦略带戏谑的回答。

"你。"

图书在版编目（CIP）数据

宿命 /（日）东野圭吾著；张智渊译. -- 3版. -- 海口：南海出版公司，2025.1
ISBN 978-7-5735-0918-5

Ⅰ.①宿… Ⅱ.①东… ②张… Ⅲ.①长篇小说－日本－现代 Ⅳ.①I313.45

中国国家版本馆CIP数据核字(2024)第085607号

宿命

〔日〕东野圭吾 著
张智渊 译

出　　版	南海出版公司　（0898）66568511
	海口市海秀中路51号星华大厦五楼　邮编 570206
发　　行	新经典发行有限公司
	电话(010)68423599　邮箱 editor@readinglife.com
经　　销	新华书店
责任编辑	王　雪
特邀编辑	蔡舒洋
营销编辑	冉雨禾
装帧设计	李照祥
内文制作	王春雪
印　　刷	河北鹏润印刷有限公司
开　　本	880毫米×1230毫米　1/32
印　　张	8.5
字　　数	189千
版　　次	2009年4月第1版　2025年1月第3版
印　　次	2025年2月第2次印刷
书　　号	ISBN 978-7-5735-0918-5
定　　价	59.00元

版权所有，侵权必究
如有印装质量问题，请发邮件至 zhiliang@readinglife.com

著作权合同登记号　图字：30-2008-108

SHUKUMEI
© Keigo Higashino 1993
All rights reserved.
Original Japanese edition published by KODANSHA LTD., Tokyo.
Publication rights for Simplified Chinese character edition
arranged with KODANSHA LTD.
through KODANSHA BEIJING CULTURE LTD. Beijing, China.

本书由日本讲谈社正式授权，版权所有，未经书面同意，不得以任何方式作全面或局部翻印、仿制或转载。